KB157903

놋쇠 그릇 속 머리칼 두어 올

소설집

놋쇠 그릇 속 머리칼 두어 올

유금호, 채희윤, 윤석우,
이재홍, 김경희, 이　진

북치는마을

발간사

소설집 <놋쇠그릇 속 머리칼 두어 올>을 상재하며

틀림없이 우리들의 선생님은 미수(米壽)에도 작품들 너끈히 쓰고 계실 것이며, 타고난 육체적 강건함과 그 순강한 남성성으로 어떤 일에도 조금도 흐트러지지 않으실 것이다. 또 그릇된 행동에는 어김없이 바로 잡아주실 것이다. 그럼에도 불구하고 팔순을 맞는 오늘 굳이 선생님의 생신에 맞춰 이렇듯 작품집을 상재한 까닭은 순전히 미욱한 제자들이 자신들의 손재주가 점점 짧아지고 있음에 대한 불안감 때문이라 생각한다. 더 좋은 글을 쓸 수 없을지도 모른다는 조바심이 부랴부랴 선생님의 산수(傘壽)를 핑계로 짧은 능력을 은폐하려는 모의 때문이다.

제자들은 많지만, 그래도 선생님의 소설의 길을 뒤따라가는 제자들 몇몇이 선생님의 산수(傘壽)를 기리는 뜻에서 만들어 낸 작품집에는 필자들과 선생님의 인연이 오롯이 담겨있다는 데에 의의가 있다. 여기서, 소설가 제자들이 적지 않지만, 연락처 누락이나 비대면 시대에 만나기 어려움 등의 이유로 해마다 몇 번 선생님과 함께 얼굴을 맞대는 몇몇 작가로 한정한 데에 대하여, 다른 작가들에게 미안함을 전한다.

50년 소설가의 긴 여정을 통해, 어찌어찌하다가 우리들과 사제의 인연을 맺게 되셨고, 한 번 맺은 인연에 대한 선생님의 각별한 마음가짐으로 오늘까지 이어져 오고 있다. 늘 부족한 제자들이어서 이렇게 작품집을 상재하는 것이 선생님의 혁혁한 명성에 누가되지 않을지 모른다는 생각들로 여러 번 망설이기도 했었다. 그러나, 선생님 보다는 제자 우리들의 마음에 선생님을 더 깊이 간직하고 싶은 마음으로 이 소설집을 상재하게 되었다.

평생을 통한 선생님의 학문의 깊이와 진중한 인격을 통해 불립문자(不立文字)의 가르침으로 이제 각자의 터전에서 자기 역할을 충실히 하고 있는 제자들과 함께 만든 이 작은 소설집이 선생님에게 작은 의미가 되길 바란다. 또 출판을 축하하려 모이는 날, 제자들인 우리는 선생님의 그 특유의 호탕한 웃음을 한 번 더 듣게 되는 것만으로도 그간의 노고가 충분할 것이다.

흔쾌히 이러한 소설집을 출간해주기로 한 정구용 사장에게 고맙고, 여러 작가의 원고라 편집하기 쉽지 않았을 편집부 등 모든 관계자들에게도 진심 어린 고마움을 보낸다.

2021년 2월

채희윤

차례

선녀와 나무꾼 이야기

유금호

선녀와 나무꾼 이야기

유 금 호

참 답답하기도 하오. 그 '선녀탕'이 세상에 어디 딱 한 곳만 있는 줄로 아시오? 팔도강산 곳곳, 산 깊고 인적 드문 골짜기에는 '선녀탕'이 한 군데씩은 다 있을 것이오. 산세 좋고 물 맑아서 사람이 지 몸뚱이 담그기에 미안헌 그런 계곡물이 있으면 선녀가 목간하고 간 곳이다, 그리 되지라. 하기사 요새는 그런 우스갯소리도 잇습디다. 선녀가 목간을 하면서 아무리 기다려도 지 옷 보따리 감출 나무꾼이 안 오니 덜덜 떨면서 기다리던 선녀가 성질이 나서 옷을 찾아 입고 나무꾼 집으로 찾아갔다고 합디다. 낮잠 자는 나무꾼을 깨와서 어째서 시방까지 옷 감추러 안 오고 낮잠만 퍼 자느냐고, 윽박질렀더니 나무꾼이 그 랬답디다. 나는 '그 나무꾼이 아니고, 이 도끼가 네 도끼 냐? 하는 그 나무꾼'이라고 그러더란 말이요. 우스갯소 리제라.

토끼든 사슴이든 고것이 머 중요하겄소? 쫓기는 목숨 구해 준 것으로 된 것이제라, 그 뒷이야기야 어디서나 다 같을 것이요, 그 이야기 모르먼 다른 나라에서 온 간첩이 것지라, 선녀가 저 앞 선녀탕에 몇 월 며칠에 목간하러 하늘에서 내려올 것이다. 그러니 소리내지 말고 가만히 숨어 있다가 옷 한벌을 얼릉 숨카버래라, 목간 끝내고 나와 보른 지 옷만 없으니 어쩔 것이요? 아무리 하늘나라에서 온 선녀라 해도 옷이 없는디 뻘개벗고사 지가 어디로 갈 것이요? 날은 어두워지고 혼자 울고 앉었으면 그때 나가서 우선 지 적삼이라도 벗어 대강 덮어준 뒤 살살 달래가지고 집으로 데리고 가서 데불고 살아불면 된다, 이것이제라. 헌디 애기가 셋이 생길 때 꺼정은 절대로 그 하늘나라 옷을 주면 안된다, 이것이 요점이거등요. 애기가 둘이른 고 선녀가 애기를 양쪽 겨드랑이에다가 하나씩 낑가갖고 날러 불먼 그때부터는 나뭇꾼의 고생이 시작되거등이라, 우리 이남(二男)이도 어벙벙 팔삭둥이라 해도 고 이치야 알고 있었제라.

저 골짜구 우로 한 20분 쭉 올라가먼 폭포 밑으로 선녀
탕이 있거등요. 옛날 그 옛날부터 선녀들이 내려와서 거
그서 목간을 했응께 그런 이름이 생겼겠지라. 3년 전 삼
복이었을 것이오. 우리 이남이가 밭둑에 경운기를 세워
놓고 낫 하나에 지게만 지고 죽은 나뭇가지 모을라고 선
녀탕 옆으로 올라갔던 모양이어라. 날은 덥고 땀은 나고
허니께 고 선녀탕에 가서 지도 홀렁 벗고 한바탕 씻을라
고 안 했겠소? 서른 넘은 노총각이 어째 여자 생각을 안
하겠소? 반귀머거리 어미에다가 반벙어리 지 신세를 아
닝께 참고 살어온 것이제라. 지 위로 성이 하나 있어서
그 놈이 일남(一男)이었제라. 지 어미 안 닮고 똘똘하고
밤톨겉었는디, 사주가 안 좋았든지 군대 가서 사고로 죽
고 나서 팔삭둥이에 반벙어리 이남이만 쳐다보는 늙은
어미 속이사 날이면 날마다 꺼멓게 녹이 안 슬었겠소?

이 더덕막걸리가 우리 동네 특산술이여라. 서울 양반
도 쭈욱 잔을 비와 뿌리쑈. 맛이 괜찮지라? 나는 배가 불
러붕께 여그다 쏘주를 한 잔씩 섞어 마시는구만요. 우리
동네에서는 다 이리 마시구만이오. 이리 마시면 아랫배
냉한 사람도 여름 배탈이 안 난단 말이오. 배가 냉한 사

람은 여름날 덥다고 막걸리나 맥주를 차게 해서 마셔 불먼 배가 부글거려 갖고 잘못허면 설사가 나고 한단 말이요. 옛날에사 새참에 시장기 면헐라고 막걸리를 마셨제만은 요새는 촌에서도 그리 배고프고 하지는 않소.

우리 촌에서는 서울 소식 같은 거는 통 귀 막고 살고 그러요. 텔레비전야 심심허니께 더러 보제라, 그런디 요새 누스 보고 있다가 무슨 코로난가 뭔가 그런 돌림병 말이 많이 나오고, 친 아들놈이 생명보험 넣어 놓고 지 애비, 에미를 때려죽였다는 소리나 나오질 않나, 택시 한번 잘못 탔다가 몸 뺏기고 돈 뺏기고, 목숨까지 뺏겨서 한강물에 집어던져졌다는 젊은 여자 소식에는 에라 이놈의 세상, 어디까지 갈라고 이런다냐? 목침으로 죄 없는 텔레비전을 박살내고 나서 뭐 할 것이오? 그냥 술이라도 벌컥거려야제.

말도 마시오. 아들놈이 서울 가서 좋은 직장 다닌다고 아랫 동네 이장, 나오지도 않는 아랫배에 힘주고 다니드만 그 아들놈이 애비, 에미 세계일주 효도관광 보낼 돈 만든다고 전세금 빼내고 은행에서 마이나스 통장인가 그것 만들어서 주식인가 펀드라든가, 그런 거를 했다, 안하요? 며칠 만에 그 돈 몽땅 다 날리고 넥타이 끈으로 목을 매서 죽어가는 것을 옆집 사람이 119에 신고해서 살려놓았다고 안하요? 그런 소리 들으면 이 산골에서 귀 막고, 눈 감고, 뻐꾹새 울고 소쩍새 우는 것 들으면서 한 세상 도토리묵에 한 잔 마시는 것이 신선놀음이라 그 말이요.

우리 이남이같은 어벙벙한 팔삭동이야 지가 무슨 증권을 하겠소? 지 반 귀머거리 에미 이름으로 생명보험 들겠소? 해가 뜨면 일어나고 해가 지면 어두어지니께 잠자고…… 헌디 사람이고 짐승이고 물 오른 나이가 되면 누가 안 가르쳐줘도 천지만물 음양지도라는 게 있어 가지고 싱숭생숭 잠이 안 오고 하는 것이제라. 우리 이남이도 딱 그런 나이가 넘어가고 있던 참이었고만요.

맞소. 우리 이남이가 후다닥 옷을 벗고 선녀탕으로 뛰어들어 갈라던 참이었는디 진짜로 그 선녀탕에 미리 내려온 선녀 하나가 목간을 하고 있었단 말이요. 목간꺼정은 아니고 한쪽에 쭈그리고 앉아서 허푸허푸 낯을 씻고, 팔다리도 씻고 있더란 말이요. 나가 시방 꿈을 꾸는 것이냐 싶어 이남이가 지 손등을 한번 깨물어보고 꿈이 아닌 것을 알고는 그 선녀가 벗어 놓은 옷이 어디 있는가 찾았제라. 그런디 옷을 홀러덩 안 벗었으니께 옷은 없고 옷이 있어야 할 자리에 보따리 한 개가 있더라 그말이구만요. 맞다. 저 속에 하늘나라 날개옷이 들었는갑다, 살금 살금 무릎으로 기어가서 후다닥 보따리를 집어들고 대여섯 걸음 물러섰는디, 그때사 지 보따리를 든 떡대같은 이남 이를 그 선녀가 보았을 거 아니요? 그 선녀가 얼굴이 벌 개져서 손발 다 저서가면서 지 보따리 내놓으라고 했을 거 아니요? 그런디요, 선녀 하는 말소리가 통 못 알아 묵 는 소리를 하더라 그 말이요. 하늘나라 말하고 인간 세상 말이 틀릴 것이다, 하는 이치는 이남이도 짐작을 하고 지 게 작대기로 저희 집 쪽을 가리킴서, '우리 집으로 가자. 우리 집으로…….' 그렇게 떠뜸거렸겠제라. 말을 더듬기 는 해도 어깨가 떡 벌어진 젊은 총각이 그 자리에서 저를 당장 해치지지는 않을 거 같으니께 선녀도 정신을 차리 고 앞 뒤 생각을 했을 거 아니요? 아 인적 없는 깊은 산속 에 두 사람 뿐이니, 그 자리에서 멧도야지같은 젊은 놈이 바로 요절을 낼라고 하면 꼼짝없이 당할 수 밖에 없는디 집으로 데리고 갈라고 하는 것만 해도 쪼개 맘이 놓였는지 어쩐지 모르제라.

어찌했건 경운기에다가 그 선녀를 태와 갖고 저 산골 외딴집 마당으로 들어섰으니 허리 굽은 반 귀머거리 어무니가 어떻겠소? 앞뒤야 모르겄지만 젊은 여자를 떡 하니 경운기에다 태와왔으니 꿈인지 생시인지 지 어미도 한참은 눈을 비볐을 거 아니요? 아들놈이 벌건 얼굴을 하고 어버버대면서 이 선녀를 저기 폭포 밑에 선녀탕에서 데불고 왔다고 하니 저희 늙은 어무니야, 다 큰 아들 잘하면 몽달구신 면컸구나, 얼씨구, 우선 고 생각밖에 없었겄지라. 늙은 눈에도 어째 하늘나라 선녀치고는 인물이 좀 빠진다, 그런 생각을 쪼깨 했을지도 모르고, 하늘나라 선녀라는 것이 낯바닥이 거무죽죽하고 콧날도 너부죽죽 내려앉았다, 싶었기는 해도 고것이사 한참 후에 생각한 것이겄제라. 워낙 귀가 어두워서 말귀를 못 알아들으니 젊은 여자가 뭐라뭐라 하는 말이 귀에 설어도 그것이 그것이었지라. 아마도 인자 짐작이 좀 되는가 모르겠소.

고 선녀의 정체가 멋이냐하면……, 요새 우리 농촌에

서는 토종 젊은 여자란 것은 씨가 안 말라 부렀소? 애기 울음소리 듣는 것이 전설의 고향이 되었구만요. 여그서 얼마 안되요마는 옆 면에서는 20년만에 딸 쌍둥이를 낳은 새댁이 있어 갖고, 되야지 잡고 송아지꺼정 잡어 동네 잔치에 군수꺼정 금일봉 들고 안 찾아왔소? 인자는 단일 민족이고 백의민족이고 그런 말도 다 없어진 말이어라. 보시요마는 동네 들어오먼서 허연 옷 입은 사람 하나나 봤소? 늙은이고 젊은이고 인자 흰 옷을 안 입제라. 그러니 백의민족 다 옛날 소리고, 우리 촌에서는 인자 토종여자도 40이나 50 넘은 나이 든 사람이나 남어 있을 것이요. 어느 집 며느리 봤다 해도 저 연변서 오는 조선 여자는 그래도 낫제라. 삘리핀이라, 태국, 월남, 저 머시냐, 옛날 쏘련 땅, 우즈베키스탄인가 그런 디서 신부를 구해오는 것이 우리 시골서는 당연지사로 아는디 무슨 단일민족이겄소?

맞소. 이 청양고추가 진짜 고추제라. 말이 한참 옆으로 갔구만이요. 이남이가 선녀탕에서 경운기에다 싣고 온 여자가 그러니께 월남 큰애기였다, 이렇게 되는고만이

라. 물설고 낯설은 땅에 와서 아들 낳고 딸 낳아서 잘 사는 사람도 많이 있제만도 도야지 새끼 씨받는 것도 아니고 그래도 사람이란 것이 그리 쉽게 인연이 안 되기도 안하겠소? 잘은 몰라도 결혼회사 하는 사람들 중에서는 못된 사람들도 있어 갖고는 농촌 늙은 총각들 돈만 뜯어가고 신부는 오자마자 도망을 가서 실성한 총각들도 있다고 하더라니께요.

그런디 그것이 여자 쪽으로 생각하면 또 그렇제라. 한국으로 시집가면 친정 식구들도 다 잘 살게 해주고 한국 남자들은 텔레비전에 나온 것 맨키로 잘 생기고 그런 줄로만 알았다가 어찌어찌 낯선 땅에 와서 보니 신랑이란 것이 고향집 지 애비보다 더 늙은 디다 몸조차 성치 못한 반송장이다 해보시오. 아이고, 내일 죽는 일이 있다해도 그것은 내일 일이고, 우선 이 밤을 이대로는 안 되겄다 싶어 앞뒤 안돌아보고 뒷문 박차고 뛰어 나가는 일도 안 생기겠소? 처음부터 도망갈 그런 계산하고 오는 여자도 있다고 하고, 어찌어찌 속아서 오는 사람도 있고 워낙 여러 일이 있다 보니 아예 그렇게 도망부터 치고 보는 여자도 있는 갑디다.

선녀는 하늘나라로 갈라먼 날개옷이 있어야 하는디, 이 여자들도 도망을 가더라도 여권이 있어야 안 허겄소? 우리 이남이가 선녀탕에서 저것이다, 싶어서 딱 채서 반 귀머거리 지 어미한테 농짝 밑에 꼭꼭 숨카두라고 준 보퉁이 속에 그 여자 그런 것들이 들어 있었지라.

나가 이 동네 이장이고 청년회 회장이랑께요. 환갑 나이에 청년회 회장하는 놈은 대한민국에 나 말고 몇 없을 것이요. 촌이란 디가 다들 70, 80, 90객들이어서 손등이고 얼굴이고 저승꽃이 훤하게 핀 사람들뿐인디, 60이면 우리 동네에서는 아직 젊은 축이지라, 그래도 이 말을 할라면 명치 끝이 묵지근하고 울화가 치밀어 오요. 군대 갔다 온 몇몇 젊은 것들은 군대라는 디가 그것도 바깥세상이라고 바깥바람 쐬고 보니, 우선 촌에 묻혀 있시면 장가부터 못가 몽달귀신이 될 성하니 대처로 다 튀어나가고, 기집아이들이사 엉덩이도 벌어지기 전에 더 일찍 후다닥 도회지로 다들 나가 부리니 이 촌이라는 곳이 이남이 같이 얼벙벙한 총각놈들이나 몇하고, 기운 없는 늙은이들밖에 안 남아 있거등요. 그래도 아무리 얼벙벙이 총각놈이라 해도 저희 부모 보기로는 귀한 자식이니 종자나 받아볼라고 남양군도면 어떻고, 월남이면 어떻겠소? 종자 받을 밭만 빌려줘도 쓰겄다 싶으니 논마지기 팔어서 무슨 혼인회사에다 돈을 갖다 주지라, 맞다. 어디라고 안 그러겄소만 그 혼인회사라는 디도 다 나쁜 거는 아니겄지라. 그래도 여자 하나를 어찌 데불고 와서는 여차여차 도망을 나오그라, 그래 가지고 또 다른 홀애비한테 돈만 받고 보냈다가 또 빼내어오는 그런 불한당도 있다던디요.

천지만물 조화 중에 음양의 조화맨치 이상한 것이 또 있을까, 이번 우리 이남이하고 고 샥씨하고 간에 일어난 일을 가만히 보믄서 그 생각이 들드만요. 가방 끈 좀 있는 사람들은 사주팔자에 궁합이 어쩌고 저쩌고 해쌓고, 성격이 안 맞고 피차 대화가 어쩌고 해쌓제, 실상은 말이요, 그런 것은 다 배가 부르고 할 일 별로 없는 사람들이 맨들어 내놓은 것이제, 천지만물 음양조화라는 것은 양이 있으면 음이 있고, 하늘이 있으면 땅이 있는 것이다, 이 말이구만요. 생각해 보시오. 아, 교회 다니는 사람들도 그 소리 합디다. 옛날 그 옛날, 사람이라고는 천지간에 거 머시냐, 맞소 그 '아담'이라는 사내하고 '이브'라는 샥씨 딱 음양이 하나씩밖에 없는디 즈그들이 어디서 궁합보고, 요샛말로 대화하고 삘이 꽂히고 하겠소? 이 산골짜기도 마찬가지여라. 더구나 아랫동네도 아니고 저 꼴짜구 끄트머리에 사람이라고는 하늘 아래 우리 이남이하고, 샥씨하고, 귀머거리 할망구 밖에 없는디 따지고 자시고가 어디 있겠소? 옛말에 시장이 반찬이라고 배가 참말 고파보쑈. 무슨 입에 맞는 밥 찾고 반찬 찾고 하겠소? 옛날부터 어른들이 한 말들이 다 빈 말이 아니여라. 깊은 산속, 젊은 음양이 딱 하나씩만 있는디, 거그서 뭐가 더 보탤것이 있겠소? 자세한 사정이사 댁같이 가방끈 있는 사람들이 생각할 일이고라, 산짐승 한 쌍이라고 하는 것이 맞겠지라. 세상이 말이라는 것이 맨들어져 갖고 여러 가지로 복잡해졌제, 옛날 그 옛날, 말이라는 것이 없었을 때사 산짐승들 맹키로 킁킁 피차 냄새 맡아보고, 어루어보고 그러다가 한 몸이 되고 하제라.

아무튼 이 두 젊은 것들이 처음에는 한동안 해가 지고 깜깜해지믄 할 일도 없고 하니 누가 안 가르쳐줘도 그 음양지도라는 것을 알게 되는 것인께 같이 붙어 있고 했던 것 겉은디, 낮에도 인적이라고는 없는 골짜기다 보니 밤은 밤이고 또 낮에도 누가 말릴 것이요? 그걸 누가 못하게 할 것이요? 노상 음양지도에 빠져 있었지 싶당게요. 그러면서도 샥씨는 샥씨대로 더러는 월남말로 씨부렁대기도 했겠지라. 시부렁대 봐야 들어줄 사람이 없으니 혼자 씨부렁대다가 말았을 것이고 또 우리 이남이도 뭐라 뭐라 헛바닥 짧은 소리로 어벙벙 소리를 냈겠지라, 할망구야 귀가 어두우니 아들이나 샥씨가 내는 소리나, 도야지가 꿀꿀거리고 닭이 꼬꼬댁대는 것이나 다를 것이 뭐 있겠소? 생각해 보믄 이 말이란 것이 맹글어져 가지고 세상이 성가시고 불량하게 되고 그런 생각이 들드만요. 피차 말이라는 것이 지나고 보면 해도 그만, 안해도 그만 그런 것인디, 그 말로 해서 우리는 사는 것이 더 복잡하고 어렵게 되어 부렀을 거시오. 그 젊은 것들이야 한창들 몸이 더울 나이니 말이 없어도 눈으로 서로 속을 다 들여다보는디 말이 무슨 소용이 있겠소?

동네 들어서면서 보았을 것이요만, 우리 동네가 옛날

부터 하우스 오이 농사를 많이 짓소. 오래 되었제라. 매일매일 오이를 골라 따서 밭둑에 내 놓으면 아침에 추럭으로 모아다가 서울 가락동 시장으로 내고 하제라. 이남이네도 하우스가 큰 것이 두동이거등요. 고 샥씨 눈치가 있어서 이남이 하는 것 보고 저도 같이 오이를 따고 했겠지라, 그런디 산속에서 저희들만 살다 보니 대낮에 오이를 따다가 샥씨가 큼직한 오이를 따들고는 얼굴이 벌개지고 벌개진 샥씨 얼굴을 옆에서 보다가 금방 이남이 제 놈도 해불죽하게 입을 벌리고 하우스 흙바닥에 그대로 자빠지고 했던 모양이어라. 오이 실러 아침에 추럭 몰고 올라간 장씨 아저씨도 몇 번 그 꼴을 보고 민망해서 오이도 못 싣고 내려오고 했다믄 할 말이 없었겠지라. 그렇다고 그것들 하는 짓거리가 깊은 산속 지들 둘 일인디 누가 탓을 할 일도 아니제라.

어찌되었건 여름이 다 가고 가을이 되야 부렀지라.
멀고 먼 남쪽 나라 더운 곳에서 살던 샥씨라 초가을부터 덜덜 떨기 시작했던 것 같습니다. 우리가 인자 징상스러운 여름도 갔는 게비다, 모기도 입 삐뚤어졌고 그러니 좀 살겠다, 하는 때부터 이남이 샥씨는 슬슬 추웠던 모양입디다. 이남이는 어떻게 하든지 샥씨 안 춥게 할라고 초가을부터 온돌방이 절절 끓게 군불을 때고는 지도 샥씨 곁에 붙어서 할 일이 있겠어요? 또 낮이나 밤이나 방에서 같이 궁글었지 싶구만요.

그렇게 해갖고 이듬해 봄날에 드디어 애기가 태어났지라.

고것도 쌍둥이 아들이 나왔으니, 혹시 자조 남녀가 교합하면 쌍둥이가 생기는 것인가, 아니다, 그건 낮에 오이밭이나 고추밭에서 오이나 고추 따다가 흙바닥에서 교접을 해야 건강한 쌍둥이 사내가 생긴다, 어짜고 그런 술자리 헛소리들도 우리 동네에서는 농으로 하고 그러구만요.

떡대겉은 고추를 그것도 한꺼번에 둘을 놓아주었시니 늙은 시어미와 우리 이남이가 얼매나 좋았겠소? 메누리 들어온 것도 하늘에서 내린 복인디 1년만에 인자 손자꺼정 둘이나 한꺼번에 생겼으니 세상이 다 자기 것들 같았겄제라.

이 시어미가 굽은 허리도 몰라라, 하고 사방팔방 다니면서 우리 메누리가 손주를 고것도 쌍둥이로 낳았네. 자랑하면서 미역이다. 찹쌀이다, 구해서 며느리 구완에 정신이 없고 이남이란 놈도, 앉으나 서나 입을 반이나 헤벌쭉 벌리고 좋아했을 거 아니요? 거그다 우리 면장님 귀에꺼정 쌍둥이 사내가 태어났다는 소리가 들어갔으니 공사다망하신데 손수 미역을 사 가지고 이 산골 꼭대기까지 들어오셨다니께요. 참 그 말을 빼 먹었네. 우리 호적계 정 주사. 참 사람이 그리 반듯하고 영리하고 인정 많은 젊은이도 없을 것이요. 면 내에서 그 정 주사 모르면 간첩이제라. 인사성 밝고 남 사정 다 봐주고, 면 내 사람들 그 누구나 부부송사꺼정도 정주사가 들면 풀릴 것이라고 하요. 나도 참말 막둥이 딸만 하나 있었으면 그 정 주사를 홀렁 보쌈을 해 와서라도 사위삼어 내 식구 맨들었으면 하는 젊은 사람이 있어라우, 참말로 나라에서 이런 촌구석에도 그리 똑똑하고 좋은 사람 옳은 일만 골라서 하는데, 그 좋은 일이 세상 사람한테 다 좋은 일인가, 그 생각이 무식하게 들 때가 있당께요.

아무튼 우리 정 주사 그 사람이 면장님을 모시고 이 깊은 산골짜기로 찾어왔제라, 나도 명색이 이장인디 면장님이 오셨으니 같이 동석이 되었구만요.

그런디 세상만사라는 것이 해가 비치다 보먼 그림자가 생기고, 호사에 다마라, 인생사가 다 그렇지 싶구만요. 앞에도 이야기 했구만도 사람이란 것이 말이라는 것이 애초에 없었시먼 세상살이가 더 편했을 것이다, 했소만 어찌 보믄 세상 목숨 있는 것들 다 지 사는 대로 두는 것이 제일 좋은 일일 것이다. 그 생각이 자주 드는만요. 골짜기 한쪽에 피고지는 꽃이나 풀을 캐다가 마당에다 심과 놓고 날마다 물주고 거름 주어서 잘 살게 해주겄다. 그런 생각이 틀린 것이다. 그 말이제라. 암요. 한 잔 더 들어 부시오. 이 술이 곡주로 담가서 아무 탈이 없당게요. 나는 쇠주를 한 잔씩 타 묵든 버릇이 되야 놓아서 나묵던 대로 묵을라요.

골짜구까지 찾아온 면장님도 사람이 원래 호인이고 경우 바른 사람이어라. 인제 애기도 둘을 낳았으니 늦기는 했어도 호적 정리를 해야 할 것이라고 정주사가 좀 도와줘야겠다고 그리 말씀이 계셨지라. 당연한 이야기제라. 나도 그때거정 선녀탕에서 샥씨를 데려다 같이 사는 것은 알았어도 고 샥씨에 대해서 깊은 속은 몰랐구만요. 말하자면 이장으로서 청년회 회장으로서 나가 그 일에 대해서 쪼께 직무 유기를 한 셈이제라. 나가 그 무렵 집 사람이 병원을 들락거려 갖고 통 다른 일에 신경을 못 썼던 것도 이장 직무유기 조건이 될 것이구만요. 정주사가 그르드만요. 하늘에서 내려온 선녀라 해도 그 선녀 하늘 주소가 있을 것이라구요. 나는 하늘나라 주소, 어째 고 생각을 안 해 봤는지 똑똑한 사람들은 말을 해도 돌려서 그리 알아듣게 하드만요. 그런디 서로 말이 통해야제라. 여자는 여자대로 뭐라고뭐라고 그러고, 이남이는 원래 혀가 짧아 놓으니 어버버만 하고, 늙은 시어미야 귀가 잘 안들리니 누가 듣든 말든 혼자서만 우리 메누리가 쌍둥 이를 놓았당께. 그것도 아들 쌍둥이란 말이여‥. 그래서 그날 그 선녀탕에서 집어온 뒤로 어미 쓰는 안방 장롱 받 침이 되야서 감추어 두었던 보따리가 등장한 것이제라. 애기 셋 낳을 때꺼정은 절대로 내놓으면 안된다는 그 보 따리를 정주사가 풀렀구만요. 그 보따리 말이 나오자 이남이는 두 팔을 흔들면서 지금 내놓으면 안된다고 고개를 젓고, 이 어머니도 계속 도리도리를 했는디, 그래도 나가 이장인디 알아듣게 천천히 그 보따리 속을 보아야 며느리고 손자고 면사무소 호적에다 정식으로 올린다고 간신히 간신히 뜻을 전했지라.

　아짐씨, 도토리묵 한 접시 더 무쳐보실라요? 이 산속에서는 도토리묵만한 안주도 없당께요. 한 점 들어 보시오. 서울서 잡숫던 거하고는 다를 것이요. 서울 도토리묵이 다 도토리묵인 줄 아시오? 그러제라, 텁텁 쌉쓰레한 이 맛이 진짜제라. 생각하면 서울사람들이 가방끈도 길고 해서 뭘 잘 알 것 같아도 멍청한 것은 더 멍청합디다. 자연산 산 더덕이라고 비싸게 주고 서울 사람들이 사는 산 더덕 말이요. 그것도 열 중 아홉은 중국 것이구만요. 국산이라 해도 도라지고 더덕이고 깨끗하고 허연 것은 다 하이타이에다 담가 놓은 것이요. 요새 서울에 친척 없는 사람이 없응게 서울나들이야 다 하제라. 서울 갔다 온 사람들 다 그 소리하고 웃소. 서울사람들 미련한 것은 약으로도 못 고친다고 말이요.

튀밥 알제라, 아 저 강냉이 튀밥 말이요. 여그 촌에서
도 펑하고 튀겨 묵제라. 우리 촌 튀밥은 누리끼리하고 서
울 것은 백설같이 허옇단 말이요. 그것이 어쩨 그러냐,
서울서는 허옇게 해야 팔리니께 강냉이 튀길 때 거그다
표백제를 한 숟가락 넣어서 펑 튀겨 버린다 말이요. 우리
면에서도 강냉이 튀기던 사람이 서울가서 장사허요.

여자 이름이 꺼이 푸옹(cay phuong). 쫌 어렵제라? 나
이는 스물셋. 월남 북쪽 하노이에서 한참 들어간 깡촌이
고향이라고 합디다.

그 다음부터는 모든 것을 우리 정주사가 알아서 다 처
리했구만요. 무허가 엉터리 결혼회사 소개로 속아서 한
국으로 왔던 모양인디, 와서 보니 신랑이란 사람이 저희
할아부지만하게 늙은 디다가 언제 죽을지 쿨룩쿨룩 하
는 것을 보고는 첫날밤에 도망을 해서 산속에서 이틀을
헤매고 다니다가 우연히 우리 이남이를 만나 애기까지
낳은 사연이 대강 밝혀졌구만요.

그 늙은 홀애비도 늦장가 간다고 회사에 돈을 안 뜯겼
겠소? 그 모든 것을 정주사가 중간에 서서 이남이네 논

한 마지기를 팔어서 그 돈을 건네주고, 엉터리 결혼회사는 고발을 하고 다 그렇게 한 다음에 호적에다가 그 선녀하고 애기들까지 올려주고 했제라.

여그까지는 좋았어라. 훗날 여유가 생기면 각시하고 애기들도 데불고 월남 어딘가 그 촌에 있는 처갓집도 다녀오고 그리하라고 모든 것을 해결했구만이라.

그때부터 여자도 전보다 얼굴에 화색이 더 돌고, 우리 말도 몇 마디는 배와서는 동네 아짐씨들하고도 말을 하고 지내고 그리되었구만요.

사단이 일어난 것은 나라에서 외국 며느리들을 모아다가 공부시키는 일에서 시작되었구만요. 원래 생각은 옳았지라. 그런디 그것이 그리 사단이 날 것을 누가 알았을 것이요?

쌍둥이 아들 둘을 양 옆구리에다 끼가 갖고 하늘로 날러가 부렀다, 그래서 나무꾼이 하늘로 그 선녀를 찾으러 가서 안즉 안 돌아온다. 이야기가 그리 되불면 너무 간단하제라. 선녀가 애기 둘을 그냥 놔두고 혼자만 날러가 부렀다, 그러니 문제가 되는 것이지라. 이틀을 밤낮없이 울

기만 하다가 우리 이남이가 새벽 참에 잠시 눈을 붙이고 있는 사이에 선녀가 날러가 부렀다, 그 말이오

사형(死刑)을 없이 해야 된다, 어쩌고 하는 사람들, 나는 넋 나간 사람들이라 생각허요. 사람이 사람이어야 사람 이제, 사람이 아닌 것들은 법이고 뭐고 바로 그 자리에서 탕탕 죽여 부러야 한다, 그 말이랑께요. 생각해 보시오. 지가 사람인 것을 포기한 것들은 사람 대우를 할 필요가 없다. 그것이구만요. 친 애비, 어미 죽인 것들, 살인강도에다 강간에다가 그런 것들은 빨리 없애 부러야 한다, 그 말이요.

그대로 둬도 다 살어갈 것인디 우리나라 말에, 예절에, 음식에 그런 걸 가르친다고 한 생각도 날 넘었다 그런 생각이요. 말이 안 통해도 그대로들 잘들 살어라. 법 한 줄도 몰라도, 호적 그런 거 없어도 말이요, 산속에서 같은 식구끼리 말이 안 통해도 탈 없이 사는 사람들은 뭐 한다고 데려다가 이것저것 가리칠라고 할 것이요?

쉽게 말해서 면사무소에서 다른 나라에서 얻어온 메누리들을 여럿 데려다가 한글도 가르치고, 절하고, 제사

지내는 것, 김치 담그는 것 가르치는 일이야 기본적으로 좋을 일이제라. 그 여자들도 낯설고 물 설은 데 와서 한숨에 눈물에 여러 밤 괴로웠을 것인디 과부 속 과부가 안다고 피차 신세타령도 나누고 좋은 일이제라.

그런디 이 촌구석에 마을버스가 시간마다 다닐 것이요? 그렇다고 비싼 택시 타고 집에 갈 처지도 못되고 ……. 공부 마치고 늦은 밤에 달 보고 걸어가고, 별 보고 걸어가고 그리 집으로 갈 것 아니요? 그런디 당장 목을 쳐죽여도 시원찮을 못된 놈들이 달도 없이 어두운 밤, 집으로 가는 여자를 밭둑에다 눕혀놓고 요절을 내 놓았으니, …… 암 그런 놈들은 잡은 즉시 바로 그 자리에서 쏴쥑여야 한다니께요. 그날 밤도 이남이가 이제나 저제나 지 각시 돌아오는가 큰길까지 여러 번 나와 봤다가, 지도 무슨 낌새가 있었든지 경운기를 몰고 면사무소 자치회관 쪽으로 지 샥씨를 찾아 나섰든 갑디다. 그러다가는 길가 으슥한 밭둑 귀퉁이에 엎어져서 통곡을 하는 지 샥씨를 알아보고 어찌어찌 경운기에다 태와서 집꺼정 갔던 것이지라. 그런디 뭐라, 뭐라, 못 알아 묵을 소리만 하다가 울고, 잠도 안자고 밥도 안 묵고 또 울고, 이틀을 그러다가 지 서방 잠시 코고는 사이에 첨 들고 온 보따리 찾어 들고 하늘로 올라가 버렸단께요. 인자 짐작이 가시오?

　시골 출장길에 알뜰하게 밭에서 직접 국산 참깨를 사신 모양인디 잘 하셨소. 그런디 그것이 국산 참깨다 하는 것을 어찌 알겠는가, 그 소리요, 맞소. 촌 토종 할마이가 밭둑에 쭈끄리고 앉아서, 털고 난 깻대 옆에 몸빼에 수건 쓰고 팔고 있었웅께 이것은 진짜다, 그리 믿으면 되었제라, 서울 가시면 사모님한테 칭찬 들을 것이요. 그런디 말이요. 소금 알제라? 요것도 중국 것이 하도 많이 들어온께 사람들이 천일염 직접하는 염전까지 가서 진짜 국산을 산다. 그 말이요. 그런디 사실은 바로 그 전날 밤에 중국서 수입한 소금 푸대를 염전에다가 부서 놓고는 이튿날 손님들 보는 앞에서 그 소금을 걷어 새 푸대에다 담아 준다. 이런 일도 있다 이말이여라, 하기사 그 바닷물이 그 바닷물잉께 그것이 그것이것구만요. 직접 천일염하는 염전까지 가서 사온 것이다, 하고는 기분 좋으면 되었제라.
　아니 그 참깨도 '그럴 것이다'는 것이 아니고 '그럴 수도 있다' 그 말이구만요.

서울 사람들 바보노릇 한 가지만 더 가리켜 드릴게라. 서울사람들 4, 50년 전만 해도 생선회를 안 묵었소. 그런 디 요새 서울에 횟집이 많이 생겨가지고 살도 안 찌고 영양가 높다고 서울 양반들 생선회를 많이들 묵는 모양입디다. 그 생선들 100이면 90이 양식인 것을 다 알제라? 하기야 그건 상관이 없는디 동해바다로 밤차 타고 생선회를 묵으로 가요. 밤 내 달려서 동해바다 해 뜨는 것도 보고, 바닷물 소리 들음서 아침에 잡아 온 회 두어 접시 묵고 오먼 멋진 일이지라. 헌디 오징어야 동해바다에서 잡히니 상관이 없제마는 서울 가락시장에서 밤 10시면 산소통 달고 동해로 떠나는 생선차가 많다, 이말이요. 그 차가 해 뜰 때 동해 쪽에 도착해서 고기를 풀어 놓으면 그 고기가 동해바다에서 금방 잡아올린 고기로 둔갑을 한다 이 말이요, 아, 그 생선차 고기야 다 양식이지라. 그런디 그것이 국산만 있는 것이 아니고, 중국 것, 일본 것도 같이 있다 그말이요. 일본 애들은 기술이 좋아 때깔을 곱게 키우고 중국 것은 가격도 떨어지고 생긴 것도 미끈하지 못한디, 웃기는 일은 손님 중에 누가 좀 아는 척 나서서, 이거 양식 고기지요? 하면 횟집 주인이 맞소, 양식 아니면 날마다 어떻게 물량을 대겠소? 해놓고는 중국서 들어온 못난 놈들을 가리키면서 여기 자연산이 있기는 헌디 쬐끔 비싸지라, 나가 시방 뭔 이야기 하는지 짐작이 가제라. 이런 소리 잘못 내었다가 횟집 주인들한테 맞어 죽을지도 모르겠소마는 때깔이 덜 깨끗한 중국 것이 자연산으로 더 비싸게 팔리기도 한단 말이요. 손님이야 이것이 자연산이다, 생각하고 돈 좀 더 내고가도 기분 좋으면 그만이제라. 헌디 키우는 동안 중국 것은 독한 항생제를 사료에다 물에다 사정없이 집어 넣어 놓는다니 그것 많이 먹으면 어떻게 되겠소?

나하는 말은 이 세상에 진짜하고 가짜하고가 통 구별이 안되는 세상이 되었다. 이것이구만요. 돈만 주고 받은 엉터리 박사들도 요새 참 많이도 나옵디다. 그런디 그 가짜들이 설치기는 더 설치고 시끄럽게 사는 것이 문제다 이말이요.

시방까지 나가 한 이야기, 반은 진짜고 반은 보태서 말했다고 생각하고 잘 챙겨서 들어 부시오. 나가 가방끈 짧어서 어디까지 진짜고 어디까지 보태고 그것도 늘 잊어

불고 그래라. 나가 내년이면 환갑인디 뭐 정신이 얼마나 맑겠소? 그래도 나가 청년회 회장이고 이장이어라. 이장이야 그렇다 쳐도 이 나이에 아직꺼정 청년회 회장인 걸 보면 이 동네 사정을 대강 짐작하겠지라. 이런 걸로 책 맨들어 먹고 사신담서 잘 챙겨서 들어야 할 것이구만이라우.

이남이 이야기 마저 끝낼라요. 각시 없어지고 나서 이남이가 두 눈에 시퍼런 불을 켜 가지고, 퍼렇게 잘 갈은 낫 한 자루 들고는 날이면 날마다 며칠을 지 마누라 엎어져 있던 밭둑에 나가서 앉아 있는디 감히 누가 그 옆에 범접도 못했다니께요. 여차하면 누구라도 찍어 후빌 것 같았제라. 우리 정주사가 소식을 듣고 어찌어찌 말을 붙여서, 그 나쁜 놈들은 경찰에서 책임지고 잡어서 감옥에 처 넣었다가 목 졸라 쥑일 것이니 진정해라, 진정해라, 해가지고 월남 가는 비행기에 태웠다니께요. 주소 하나 달랑 들고, 수만 리 이국 땅에 가서 이남이가 지 마누라를 찾기는 찾을는지, 찾는다 해도 데불고 올 수 있을지는 아무도 모르제라.

우리 이남(二男)이가 시방 월남 어디 가 있는지, 지 어무니 말마따나 하늘나라 은하수 옆에 가서 기웃기웃 지각시를 찾고 다니다가 만났는지는 시방 나도 확실히 모르겠소만 월남가는 비행기 탄 것은 확실허요. 그것도 우리 정주사가 이것저것 알어서 표를 끊어주고 했응께 무슨 결말이 나긴 나겄지만 그 샥씨가 아무리 지 새끼가 둘 있다고 해도 한국 땅, 더러워서 다시 안 밟을란다, 그리될지는 나도 모르겄구만요.

7월 토요일, 그 공원

채희윤

7월 토요일, 그 공원

채 희 윤

1.

아이가 와서 5백 원을 내고 아이스크림 냉장고를 연다. 아이는 아이스바를 하나 꺼내들고, 그가 무섭다는 식으로 어머니에게로 잰걸음에 달려간다. 7월 토요일 해질 녘의 황혼이 건너편 기와지붕 위에서 곤두박질치는 허수아비처럼 문득 외롭다는 것을 그는 알았다.

관리 사무실에서 숙직을 하던 오주사가 문을 열고 나서는 것이 보인다. 그는 상수리나무 아래에서 허리를 구부리고 펴는 동작을 하고 있다. 간간이 부는 바람에 나무 그늘이 지면을 홰치는 소리처럼 들렸다. 소리가 아니지만 어쩐 일인지 그는 풍경이 들리기 시작했다. 경치라고 할까 아니면 보이는 것이라고 할까. 바람이 불어 먼지가 회오리처럼 솟구치는 것도 보이는 것이 아니라 들렸고,

오히려 아래 교회에서 가끔 들리는 오르간 소리도 보이는 듯했다.

이명이 아니면, 착시일 것이라고 그는 병원에 가야 한다는 생각을 했지만 어쩐 일인지 병원에 가기가 싫었다. 마지막 통보라도 받을 듯했기 때문이다. 죽음이 무서워서가 아니라, 죽는 날까지 속수무책으로 기다려야 한다는 것이 더 끔찍했다.

고양이 제롬이 날카롭게 한 마디 하더니 알겨는 소리를 낸다. 그는 힐끗 안쪽을 들여다보았다. 누군가 소리가 나서 다시 앞을 보였다. <계림동 늙다리>가 들어서며 손가락을 두 개 세어 보인다. 그는 박카스 다섯 병을 유리 진열대 위에 놓는다. 그녀는 삼천 원을 내고 병들을 한 손에 쥐고 재빠르게 핸드백에 넣고 나간다. 오늘 장사는 늦은 편이다. <덕림동 여자>가 한 시간도 전에 올라가던데…. 큰 등나무 가방 틈 사이로 물티슈 비닐백과 흰 타월, 화장품 등이 살짝 보인다.

서둘러 걷는 덕림동 여자의 등을 살짝 꼬집으며 짓궂게 방해하기가 재미있다는 듯한 웃음을 짓던 백바지가 가게에 들어와서 맥주 캔을 하나 꺼내며 그에게 돈을 내밀었다. 돈을 받으며 그가 살짝 고개를 숙여 인사를 했지만, 이미 그는 가게 앞 파라솔 밑 의자에 앉아있다. 보아하니, 오늘은 적잖이 판돈을 잃어버린 모양이다. 백바지는 돈을 따는 날엔 예외 없이 아래 오과부 호프집이나, 다른 암뽕집에 혼자만 간다.

이 시각이 그는 가장 싫었다. 해가 뉘엿하게 지면, 그의 가게 안으로 깊숙이 늦더위를 뿌리고, 그것들의 잔해들로 눈을 뜨기가 힘들었다. 바닥마저 광택이 나는 대리석으로 되어 있어, 빛의 반사는 끔찍했다. 보통날에는 이층 사무실 직원들의 퇴근 시각까지 겹쳐 싫었지만, 토요일과 일요일에는 이곳도 공원이라고 아이들의 손을 잡고 나온 젊은 부부들과 사랑을 속삭이는, 그러나 매상과는 관계없는 연인들로 오히려 복잡하기만 하다. 더구나 주말에 해제되는 주차 때문에, 공원 광장은 가득 들이찬 차 지붕에서 햇살을 반사 시키기 때문에 온도도 지랄할 만큼 오르고 시야가 어지럽기까지 하다.

오주사는 허리 펴기를 끝내고 이제 나무에 온몸을 던지고 있다. 등을 퉁퉁 부딪치더니만, 이제는 앞가슴과 배를 나무에 부딪고 있다. 부질없는 일이다. 그래서 살이 빠지고 기가 돌아온다는 말인가. 허기야 신념대로 된다는 세상이니 시도도 해볼 노릇이다. '나무의 기운이 살갗을 통해 들어오는 느낌이 든다니까. 자네도 해 봐. 수천 년 사는 식물의 기가 금방 죽는 동물의 기를 눌러, 잡스럽고 더러운 것을 정화시키니 장수를 하는 법이라니까. 아니더라도 요것이 마사지와 비슷헌 거라 효과는 있어' 오주사는 그 힘으로 밤마다 순찰을 잘 도는 모양이다.

그러고 보니 자율 정화대에서 봉사하는 연 씨가 오늘은 한 번도 나타나지 않는다. 이상한 일이다. 지금이라면 세 번은 오토바이 소리를 내며 선글라스를 반짝이며 힘없는 노인들을 노려봤을 터인데. 그는 관성처럼 위 공원을 올려보았다. 계단에는 많은 사람들이 앉아 있었다. 나무 그늘이 계단 양편으로 짙게 깔려 쉬기도 편했기 때문이다. 비교적 시원하고 안락한 가게 앞에는 오전에만 사람들이 모여든다. 시각이 지남에 따라 사람들은 위 공원으로 옮기는데, 다시 밤이 되면 그의 매점이 있는 아래로 자리 이동을 한다. 지금은 계단의 시간이다. 위 공원과 아래 공원을 잇는 계단이 제일 분주할 때이다. 그 여자도 눈에 띈다. 매우 민첩하게 움직이며 살피는 여자는 최근에 나타났다. 박카스 종류도 아니고, 심심풀이로 온 것 같지 않다. 그녀는 위 공원 오르는 계단 층계참 좌편 무성한 상수리 가지로 은폐된 의자에 2인용 시멘트 의자에 숨기듯이 앉아 오가는 노인들을 살피는 것 같다. 눈에 띨 만한 것은 없지만, 그녀의 행동이 오히려 눈을 끌게 만든다. 어차피 그 층계참 의자는 높이와 내려쳐진 가지로 은폐 엄폐가 자동적으로 되는 곳이다. 그냥 가만히 앉아있는 것으로 충분할 것을 고개를 좌우로 돌리고 발돋움을 하고 그렇지 않아도 되는 것을 나는 누군가를 찾으러 온 사람이요, 하고 광고하는 듯하다. 아내도 그렇게 재빠르게 떠났다.

'그르륵' 제롬이 다시 한번 소리를 한다. 설핏 사료 그릇을 확인하며, 그는 하품이 나오는 입을 다물었다. 장애인 남녀가 조심스럽게 들어선다. 남자는 냉장고를 열어 청량음료를 꺼내며 여자에게 뭘 먹겠느냐고 묻는다. 여자는 2%라며 어긋나듯 짤막하게, 말하면서 지갑을 어렵게 열어 지폐를 꺼낸다. 물건은 남자가 고르고 대금은 여자가 지급하는 것이 보통 그의 가게의 관례였다. 언제부터일까, 남자들이 돈을 내지 않는 것이 익숙한 것이. 50이 멀지 않은, 6년 동안의 장사 이후의 변화이다. 그가 막 장사를 시작하던 때는 이러지 않았다. 보통 남자들이 돈을 내고, 여자들은 물건을 골라 챙겼을 뿐이다. 이제 반대가 되었다.

동시에 노인 하나가 들어선다. 그는 스낵류 봉투 하나와 비스킷을 들고 와 유리 진열대에 놓았다. 그리고 천원을 낸다. 그가 비닐봉지에 담아주자 노인은 돌아서며 변명처럼 말한다.

"손자들 주려고. 그것들이 요것 받아먹는 재미에 할아버지를 기다린다네."

약간 굽어진 그의 허리와 비닐봉지가 길게 그림자를 내며 그의 매장을 반으로 가르고 있다. 그림자는 바닥에서 미끄러지듯 휘어지더니 마침내 사라졌다. 갑작스러운 진공상태의 적요 같은 것이 그의 가슴에 그림자처럼 모호하게 들어선다. 그림자는 그의 가슴에 있는 상처를 후벼 판다. 예리한 아픔이 분노의 신경을 건들었는지 통증이 느껴져 아팠다. 흉터 없이 긁어대는 고통의 발톱이 무섭다. 언제 어디서나 포악하게 들어내는 야수처럼 상처는 그렇게 은폐된 활동성 치부이다.

포스기에 입력을 하고 돈을 수입하고 나서야, 꽤 오랫동안 멍하니 서성이고 있었던 자신을 낮은 한숨으로 가라앉혔다. 다음 손님이 들어올 때까지 그대로 있는 것을 알고서 스스로 자세를 잡았다. 아이 아빠는 두 번을 돌아보고서야 비로소 가장 보편적인 스낵을 한 봉지 골라든 채, 아이스콘을 3개를 한 손으로 올려들고 와서 계산대 위에 놓았다. 익숙하지 않으면 브라보 콘을 3개 동시에 들 수 없다는 쓸데없는 신경에 자조하며 포스기를 눌렀다.

사무실에서 퇴근 준비를 하는 모양이다. 날림으로 지은 건물이라, 의자를 뒤로 밀며 일어나는 미스 고의 엉덩이 곡선을 연상시키고 있다. 걸음소리가 들리고, 어김없이 그녀는 계단을 내려와 일층 공원 공용 화장실을 사용할 것이다. 결코 이층 직원용 화장실을 사용하지 않는다. 이 시각이면 그런 소리는 들리지도 않는다는 걸 알면서도, 그녀는 우정 아래층 화장실을 사용한다.

그도 매점 안 창고 겸 방으로 쓰이는 공간으로 들어가 담배를 피우기 위해 뒷창문을 열었다. 경사지 숲은 오래

된 나무가 많아 건물 일층 전체를 은폐시켜서, 사람들은 이층짜리 건물을 단층으로 보았다가 놀라곤 한다. 그래서 담배 피우기도 좋다. 손님들 앞에서 금연 공간인 공원 마당에서 그는 금연하고 있다. 저녁때, 어둠이 내려 알아보지 못할 때가 아니면 공원 광장에서 그는 담배를 피우지 않는다.

여자 하나가 공원을 계단으로 오르고 있다. 꽤 급경사의 108계단은 지형상 어쩔 수 없어서 만들어진 것이다. 대부분 사람들은 좌우편 도로를 통해 차를 가지고 온다. 밤이 되면 생기는 포장마차 특구에서 술에 취해서 객기가 난 주정꾼들 아니면 계단을 오르는 것은, 닭살 돋게, 가위바위보를 해서 계단 오르기 시합을 하는 이제 막 연애를 시작한 연인들이나 중고등생들이 장난삼아 할 뿐이며, 평생 절제와 운동으로 키워놓은 힘자랑에 공성이 난 노인 정력가들뿐이다. 그런데, 그녀는 발칙하게도 아무리 봐도 이 동네에 올 사람이 아닌 여자가, 떡하니 시내에서 제일 비싼 공원 주차장에 외제차를 세우더니 천변을 지나 문화지구 커피숍이나 가야 할 제대로 차려 입은 정장으로 계단을 오른다. 아내를 닮았다. 자신 있고,

언제나 어디에서나 자신감 있는 태도를 유지하기 위해 긴장하는 그런 몸가짐으로. 와서는 안 된다. 공원의 일상의 흐름을 깨뜨리는 듯한 사람들의 통행은 거북하다. 거북함이란 내겐 포승줄처럼 답답하고, 풀어낼 수 없는 운명처럼 무겁다.

더구나, 지금 이 시각의 공원을….

지금 이 시각이면 박카스 아주머니들이 막판 스퍼트를 낼 때이고, 위 공원 노름 윷놀이 판에서는 윷진 노인들이 버스비를 핑계 삼아 개평을 얻으려고 슬슬 시비를 거는 참이며, 고스톱 판에서는 관망만 하던 덜된 녀석들이 노인시늉으로 자리 얻어 판돈 싹쓸이하려는 계획을 세우고 이참 저참 방석에 앉을 기회만 노리고 있을 터이고, 내기 장기 패들은 훈수를 핑계로 네 편 내 편 갈라서 술값이나 챙겨 공원 촌 돼지국밥집 외국인 여자 손목이나 잡고 술 한잔할 계획을 세울 것이며, 바람이나 쐬러 온 노인들은 팔각정이며 오각정이며, 비석거리에 근처에 삼삼오오로 앉아, 흘러간 정치가들 뒷소문, 정부 복지정책 실정에 욕설질하다가, 성향이 안 맞으면 언제 봤느냐하며, 육두문자를 동원해 싸우면서 집에 갈 시간을 요

령껏 재고 있을 것이다. 그리고 공원의 밤은 이제 곧 찾아올 것이다.

그에게 공원은 두 시가 제격이다. 인근 사무실의 월급쟁이들 점심시간의 짧은 햇빛 쐬기를 끝내며 돌아가고, 운동용 공원 이용객도 2시에는 딱 그친다. 그야말로 갈 곳 없이 시간 보내는 사람들만 오롯이 남는 시각이 오후 2시이다. 그들은 조용하며, 그들은 서로를 알고, 그들은 공원의 암묵적으로 통일된 규정을 잘 지키며, 각자의 방법으로 공원을 활용한다. 두 시의 공원과 두 종류의 공원족이다. 못된 공원족은 오랜 공원의 질서를 깨뜨려 쪼개내며 사적 활용으로 공원의 公을 망치는 자들이다. 아니다. 망치는 것은 아니다. 시민이 사용하는 것이 공원이면, 그들 역시 공원을 보다 더 잘 활용하는 족속들이다. 불법은 아니지만, 편법 하는 자들이다. 그중 하나가 그림자 사람들이다.

이런 시각에 어디에도 속하지 않은 여자가 공원을 오른다는 것은 결코 좋은 일이 아니다. 여자는 때때로 불운을 몰고 다니는 존재이다까지 생각하고, 그는 두 번째 입에 문 담배를 덜 태운 채 부벼 끄고, 가게 중앙으로 나왔다. 가슴 속에 불덩이가 하나 조용히 생겨나더니, 담배 연기보다 빠르게 그의 가슴을 쓰라리게 하고 있다.

변호사는 미필적 횡령으로 가고, 회사에서 그것을 수용하는 것으로, 지금 고발된 비자금 해외 편법 송금 건을 취하시키자고 했다. 더 길게 갈 경우, 그는 실형을 당해, 적어도 2년 징역형까지도 가능할 수 있다고 했다. 그가 업무 미숙으로 미필에 의한 송금으로 횡령은 아니지만, 횡령을 한 것이 되어야지 전무도 회장도 모두 벗어날 수 있고, 그것이 과장을 특진시킨 어른들에 대한 보답이 아니냐는. 그리고 빈손으로 퇴사를 시키지는 않을 것이라는 조건 역시, 거부할 수 없는 조건으로 그를 궁지에 몰았다.

이해당사자들이 모여 있는 것이 수사관에 감지되면, 잘 닦아놓은 검사들과의 상호 이해관계에도 손해가 된다며, 변호사는 전무와 전화도 못 하게 했다. 바로 그때, 아내가 이혼장을 내밀었다. 알아보니, 횡령에 걸리면 재산까지도 몰수될 수 있으니, 헤어지자고 했다. 아이 때문이라면, 자신이 포기한다고, 직종이 아이 키우기 어려운 만큼 깨끗하게 갈 테니까, 아파트만 남겨놓으라고 했다. 그것 말곤 38세 서울살이 봉급생활 남자에게 뭐가 있을 것이라고. 회사 융자 1억도 아직 다 갚지 못했다. 그는 아내에게 수없이 설득했지만, 황소라도 올라탄 양 그녀는 피리를 불며 득도한 스님같이 미소로 거절할 뿐이었다. 회장님이 생각해 준다고 했으니, 당신도 아파트 한 채 받게 될 수도 있을 터인데 2주택이 문제가 될 것이라며 결국 아파트를 챙겼다. 융자금 탕감으로 그는 회사에서 쫓겨났다. 미필적 횡령이라는 죄명으로. 다섯 살짜리 아들과 트럭을 불러 이리로 내려오는 날까지도 변호사도 전무에게서도 잘 가라는 안부도 없었다.

"그러니까. 그런 사람들 말을 믿고, 불법을 행한 것 아냐? 똑똑한 사람들에게는 못하니까, 당신을 불러다 이용한 거지. 자기 능력으로 과장된 게 아니라 상전 총알막이 삼으려고 승진시킨 거라구. 것도 모르고 30대 과장이라고 큰소리치고 난체 할 때부터 이미 내 알아봤지. 이런 말 저런 말 헤어지는 마당에 할 것은 없는데…"

공원 광장으로 나오자, 해가 이제 조금 더 기울어 팔각정 지붕 밑으로 내려앉는다. 차들도 이제 곧 돌아갈 것이다. 세상에 보잘 것 없는 이 공원을 왜 찾아오는 것인지,

그는 알 수 없었다. 도심 복판에 있다는 것, 오층 석탑이 있고, 팔각정, 오각정이 있고, 소나무 숲이 조금 큰 게 있고, 운동 기구가 있는 어린이 놀이터도 초등학교 그것보다 절대 크지 않은데. 숲이 그렇게 우거져있지도 않았다. 민주화기념비 하나 공원보다 더 높게 있고, 한국동란 때 죽은 이 지역 희생자들의 명단이 새겨진 탑이 있고, 또 민주 운동 사무소가 하나 있다. 일을 하지만 하는 게 뭔지도 모른 그런 곳이, 그리고 그 밑 공동 화장실에 이어서 매점이 있을 뿐이다. 민주화 운동으로 죽은 큰형 때문에 그의 가족에게 내려진 정부의 은사로 지금 20년 넘게 운영하고 있다. 그렇다. 그는 거기에서 살고 있었다.

살고 있다고 말할 수는 없다. 그냥 여기 있다. 사는 것은 이런 것이 아니다.

이제 그것조차도 그는 주말이나, 휴가철, 연휴나 명절 등을 제외하면 아침 10시 경에 가게를 열고, 보통 7시에 닫는다. 주말이나 연휴 그리고 여름에는 밤 10시가 폐점 시간이다. 처음 그가 이곳에 유배처럼 와야 했을 때에는 그는 이곳에서 살았다. 석 달 동안 어머니가 날마다 점심 저녁 식사를 해가지고 나르는 것을 막기 위해 그는 집으로 들어가야만 했다. 그 석 달 동안 그는 인생의 가장 밑 바닥에 부딪힌 자신의 슬픔을 맘껏 울 수 있었고, 맘껏 분노할 수 있었고, 맘껏 자해할 수 있었다. 자기 파괴란 것이 결국 아무것도 해결하지 못한다는 너무 자명한 사실을 그 스스로 시인하기까지 그는 자신을 해치며 그렇게 보낼 수 있어서, 행복했다. 어머나나 자식에게는 보여줄 수 없는 자신의 결손을 감출 수 있게 해준 것만으로도 고마웠다. 초등학교 5학년 아들이 그에게 남겨져 있다.

여자는 아주 느릿하게 계단을 올라왔는지 108개나 되는 정면 계단을 올라와서도 호흡 하나 거칠게 내쉬지 않았다. 대신 양산으로 몸을 가리며 계단 쪽을 바라보았다. 여느 사람들이 다 그렇다. 내가 이 많은 계단들을, 이 높은 곳을 올랐나를 확인하며 대견스러워 하기 위해 항용하는 행동이다. 양산이 조금 흔들리는가 싶더니, 그녀가 가방에서 전화기를 꺼내든다. 여전히 몸은 계단 쪽을 향해 있었다.

2.

복지사는 무슨 지시사항을 엄청 늘어놓았다. 이제 복지 수혜자가 되었으니, 어쩌고저쩌고하며 지켜야 할 일을 설명하느라고, 거의 2시간을 넘긴다. 마음이 바빠진다. 어머니는 숨도 가늘어 거의 들리지도 않고, 이불도 들썩이지 않은 채 시체처럼 그렇게 있었다. 그만하면 될 텐데도 복지사의 훈계인지 부탁인지 모를 말은 더 이어졌다.

아마, 그 어르신이 오늘쯤은 올 수도 있을 것이다. 주말에 그를 본적은 없지만, 며칠 전 향교의 전교가 그 야단을 맞았으니, 오늘 친구분들하고 나왔을 것이다. 전의가 토요일 시간이 있으니 뵙고 한 자 배우고 싶다고 하지 않던가? 자신들을 향교의 담장 뚫는 쥐새끼와 같은 것으로 취급하는 그가, 고개를 숙이고 한 글자 배우겠다는 것을 보니, 그분들이 보통은 아니었다. 보통 아닌 것은, 그날, 그림자도 보고 싶지 않은 덕림동 여자와 자신을 식장에 데려가서 그 비싼 안심구이를 사준 것으로 알 수 있는 일이다. 공원에서 박카스 아줌마로 5년이었지만, 누구도 그 어르신 일행처럼 사람으로 대접해 준 일은 없었다.

'사람대접은, 뭐? 그냥 짧은 타임이라도 자주 몸뚱이 사주는 노인들이 더 대접하는 사람들이지. 쇠고기를 그 정도 먹여줄 돈이면, 여관에 가서 내 열 번도 더 많이 엎어질 수도 있는데.'

어찌 그렇게 마음이, 5층 석탑 옆 외로 꼬인 난쟁이 소나무 같은 여편넨지 모른다, 덕림동 여자는. 나이도 나보다 세 살이 많은 늙은 여자가. 점잖은 사람들이라, 나이 먹어 그게 안 될 수 있는 날인지도 모르는데.

아무리 팔자가 더러워서 공원에서 늙은 남자들 상대로 몸 맡기는 일을 하더라도 좋은 사람 나쁜 사람은 구별할지 알아야지. 세상에, 그렇게 비싼 고기에 끝나고서는 늙은이들을 이야기 친구 삼아주어 고맙다며 차비하라고 만 원 한 장도 손에 쥐어준 어른들을. 고스톱 판에서는 개평으로 5천원만 줘도, 향교 뒷숲, 공원 내리막길 컴컴한 덤불속에서 80 먹은 노인에게도 치마 올리는 여편네가. 여관, 일 년에 한 두 번 있으면 대박인 일을? 한 시간 삼천 원짜리 여인숙에도 못갈 늙은 여자 같으니. 어머니도 모른다는 나를 낳아준 아버지가 이렇지 않았을까 하는 그런 미련한 생각을….

버스에 내려서 샛길을 가로질러 공원 매점에서 박카스를 샀다. 슈퍼에 가서 살 수도 있지만, 그녀는 반드시 매점에서 사기로 했다. 빤히 아는 자신을 주인에게 밉게 보일 필요는 없었고, 어쩐지 주인 남자는 자신들의 영업에 대해 이해해주고 있다고 믿었기 때문이다. 그의 눈빛은 어느 땐 무섭고, 때론 무심한 듯한 것도 마음을 좀 편하게 한다. 자율정화대 연 씨 같은 놈이 싫었다. 막된 새끼다. '나도 한 번 주지? 오늘은 공쳐서 허전하잖아. 내가 보시 한 번 해줄까?' 몸 보시 해주실 남자는 너 아니고도 공원에 차고 넘친다. 내가 다 줘도 너는 아니다.

"아이고"

바쁘게 위 공원으로 오르는 그녀의 엉덩이를 백바지가 지나치며 만진다. 그녀가 고개를 돌려 쏘아보자, 백바지는 그나마 작은 눈을 웃고 있다. 오늘은 끗발이 좋아 일당 챙겨서 빨리 뜨나 보다. 보나 마나 연변 아줌마들하고 장난 짓 하려고 국밥집에 가는 길일 것이다.

"언제 한 번 데이트 허자고. 계림동 아줌마 화장 잘 받은 날."

아줌마? 나보다 열 댓살은 더 잡순 늙다리가. 내가 아줌마면 당신은 이미 영락공원 화장실에 불이 나 쐬고 있을 것이다. 갑자기 쐬하게, 빈속에 맨 소주 들이켠 양 가슴이 아렸다. 웃는 얼굴에 침 뱉지 못하고 그녀도 웃으며 지나쳤다. 딱 한 번 백바지와 여관에 갔었다. 가관이었다. 같이 살림 합칠까라고 그는 농담처럼 말했다. 끝내 한 마디 안 한 채 옷을 찾아 입는 그녀에게 만 원을 건넸다.

'늙은 우리 엄마랑 살라고 나, 이 짓 한다. 군식구 늘리려면 다른 사람도 천지다.'

과연 그럴까? 나는 꼭 돈이 없어 이렇게까지 하는가? 그러면 엄마처럼 몸이 뜨거운 여자라서? 그렇지 않다. 섬다방에서 책임 마담까지해서, 방 둘 부엌 하나 마당 있는 주택도 있다. 어머니 병이 아니었다면, 형제자매가 한 명만 더 있었다면. 뭐가 잘못되어 어머니가 생보자 혜택이나 녹색카드만 있었다면. 나 이렇게 공원에 시궁쥐처럼 헤매지 않을 것이다. 그 남자만 아니었으면, 사랑이라고 생각해 모든 것을 다 불태워버렸다. 이제 돌이켜보니 아무것도 아닌데. 엄마도 나도 모두 사랑이라는 것에, 참 많이 데었다. 안 그랬으면 지금 카페라도 하나 운영할 수 있었을 텐데.

덕림동 여자가 충혼탑 그림자 밑에 있었다. 그녀는 자신도 모르게 팽나무 밑 그림자 속으로 스며들었다. 언젠가 그녀가 화장실을 지나쳐 오는데, 매점 주인이 파라솔 밑에서 이층 사무실 직원들과 앉아 있으며 말했다.

"나는 그 사람들을 그림자 사람이라고 부릅니다. 덥지도 않고 누가 보지도 않은데, 그 사람들은 습관처럼 그림자만 있으면 스며들어요. 나무, 건물, 탑이던지…. 그들도 공원사람들이라고 봐요. 우리만 공원 때문에 사는 게 아니라…."

향교 내리막길에서 싸우는 소리가 났다. 윷놀이 패들이 진을 치고 있는 쪽이다. 소리로 봐서 오늘은 2, 3편으로 나뉘었는가 보다. 주말이라, 뜨내기들도 적잖게 온다. 그들은 그녀의 대상은 아니다. 뜨내기들은 젊고 그리고 심심풀이로 와서 도박이라는 가벼운 전쟁을 하면서, 힘을 얻어가는 것인지도 모른다. 공원사람들이 아니다. 공원사람들은 주로 주말을 제외한 평일에 일삼아 오는 사람들만 공원사람들이다. 윷놀이, 장기, 바둑, 화투패들은 주로 위 공원사람들이다. 돈도 많지 않게 시작한다. 꾼들이 오는 오후 3시 이전에는 정말 노인들이 점심내기나,

아래 교회에서 무료 점심 드신 노인들은 식후 커피내기 등이 주를 이룬다. 화투도 그렇고 장기도 그렇다. 프로들이 나타나는 것은 오후이다. 그들은 서서히 판돈을 올리고, 흥미를 불러서 마지막 남은 노인들의 자존심을 호승심으로 연결시켜서 유인한다. 프로는 삐끼를 데리고 다닌다. 혼자 오는 프로는 이 공원에 없다.

다행히 그들은 그녀와 같은 여자들을 싫어하지 않는다. 공원에 손님을 끌어드릴 수 있는 모든 조건들을 그들은 이용한다. 노인들의 성매매는 사실 탓할 것이 못된다. 그때 그녀가 알았더라면, 그녀는 공원에 나오지 않아도 될 수 있을 것이다.

"속 옷 빨래는 조금…. 그런 것은 가족들이 주로 하는…"

"그래서 부탁이라고 했잖아요. 의무나 조건 사항을 부탁하겠어요? 부탁에 따른 보상 역시 있으니. 아시겠어요?"

"저…. 잘 이해가…."

"우리 집 남자들, 구체적으로 시아버지의 속옷을 확인하는 것이 해주실 중요한 일 중 하나예요.. 속옷, 정확히 말해 팬티에 묻은 분비물 등을 통해서 시아버지의 건강 상태나, 다른 것들을 체크해야 하니까요. 식사나 다른 심부름은 가정부 아줌마가 다 해요. 아줌마는 빨래와 청소 담당으로만 채용된 겁니다."

소변의 젖은 부위로는 요실금의 진행 상황을, 가끔 보이는 정액의 흔적으로는 최근의 성적 관계와 상황을 파악할 수 있다고 주인 여자는 믿는 것인가. 그리고 정확하게 주인 여자의 관심은 시아버지의 성적 활동성에 모아져 있었다. 최근 어떤 젊은 여자는 그야말로 야차처럼 들러붙어서 한몫을 챙겼다고 했다. 경찰을 불러 너를 공공위생법 위반에, 매춘으로 고발하겠다는 그녀의 엄포 없었으면, 남편에게까지 쳐들어갔을 것이다. 그랬다면, 시끄러운 것을 싫어하는 남편은 군소리 없이 그녀의 요구 조건을 들어주었을 것이다.

"어른들 건강은 그렇게 체크 하는 게 말없이 편하게 처리할 수 있답니다. 의사의 처방이구나 생각하시면, 다른 불쾌한 생각은 들지 않을걸요."

뭔가 억울하다는 이상한 생각. 이런 일은 사람을 범죄자로 취급하는 것 같아서, 가족들이 해야 할 의무를 떠넘기는 부당한 일이라는 생각에 그녀는 그 집을 그만두었다. 타당한 이유 없이 협회에서 추천한 집을 거부한, 그것도 처음 맡은 일자리를 거부한 대가는 혹독했다. 일 년 넘게 그녀에게 파출부 의뢰가 없었다. 마지막으로 선택한 일자리에서 그녀는 도태되고 말았다. 설상가상 어머니의 수술비가 그녀를 공원사람으로 만들었다.

그녀가 고개를 들었을 때, 덕림동 여자는 안경을 쓴 남자 노인의 팔짱을 끼고 있었다. 그러나 곧 팔짱은 풀리고, 남자는 화장실로 들어간다. 재수 없다는 듯이. 덕림동은 침을 뱉고 석탑 쪽으로 자리를 옮겼다. 거기는 장기패들이 있는 곳이다. 마주 보게 만든 돌의자 사이의 돌테이블 위에 장기판이 놓이고, 서너 패들이 장기에 열을 올리고, 돈을 묻고, 훈수를 하지 말라고 서로에게 으르렁거렸다.

계림동 여자는 나무 그늘에서 나와 오른편, 팔각정으로 오르기로 했다. 전의는 거기에서 주말마다 몇 사람과 같이 한시를 쓴다. 무슨 한시 권장이니 뭐니, 팔각정 기둥마다 주련을 써놓았지만, 모두 한자로 되어 있어 그녀는 읽을 수 없었다. 혹시 거기에 한 수 가르쳐주고 계시는 어르신 일행이 있을지도 모른다.

해가 이제 상거 내려오고 있는지, 햇빛이 그녀의 눈을 예리하게 비집고 들어오는 오르막을 조참조참 가는데, 한 번 여인숙에 갔던 노인이 보였다. 그는 주련을 읽고 있었다. 끝내 성공하지 못해, 오히려 미안하다고 했다. 늙는다는 것은 생리적 반응이 느리며, 미세한 자극에도 좌절이 온다고 그는 말했다. 그녀는 다시 한번 하시라고 했지만 거절하고 그녀 먼저 방을 나섰던 사람이 오늘은 희연하게 눈이 부셨다.

사람들로 복잡했지만, 그 어르신 일행은 없었다. 그녀는 바람이 빠져나가는 풍선을 쥐고 있는 양, 굴풋해진 마음을 안고 윷놀이 패쪽으로 걸음을 옮겼다. 설마하니 그 악스런 드잡이 다름없는 장판에 그 점잖은 분들이 있을까 싶었다. 다시 한번 아! 함성소리가 들렸다. 누가 모나 윷을 던졌나보다. 그녀가 향교로 내려가는 사이길, 놓인 절개지가 보일 정도로 갔을 때, 사람들에 둘러싸여 벌어진 윷판은 모두 3개였다. 정부미 포대로 만든 윷판이 햇빛으로 눈이 부셨다.

"척사희라 잡희니, 잡것인 우리도 잡스럽게 놀아보세!"

가운데 패에서 큰 소리가 들렸다. 그녀는 저절로 고개를 돌렸다. 어르신이었다. 다른 어른 하나와 윗판에 앉아 있기에 어울리지 않은 양복으로 빼입은 어르신이 다른 개량한복을 차려입은 키 큰 사람과 패를 이루어 있었고, 그때 고기를 같이 드신 다른 어른은 바로 뒤에서 관전을 하고 있었다.

"빽토! 빽토 하나면 장원 급제네!"

한복 입은 짝패가 덩치만큼 큰 소리로 말했다. 어르신이 종지를 오른손에 놓고 손가락 관절들을 땅에 대고 두어 번 가볍게 톡톡 치올렸다. 순간 손등이 보이게 뒤집은 다음 종지를 뿌렸다.

"야!"

"빽토다! 부른대로 나오네!"

함성이 터지고, 어르신이 가슴을 펴고 일어섰다. 그녀는 눈에 띄지 않으려고 피하려 했지만, 시선이 부딪혔다. 어르신이 왼팔을 높이 들었다. 승리의 제스처인지 자신에게 던지는 인사인지 모르지만, 그녀는 재빠르게 사람들 뒤로 숨었다.

"허허허허…. 오메 우리 철민이 솜씨는 늙지도 않네!

허허허…"

덩치 큰 분이 판돈을 들어 올린다. 만 원짜리 몇 개 천 원짜리는 셀 수 없이 많았다.

"자. 구경하신 분들. 투전판에 개평은 양반도 받는답니다."

남보다 머리가 하나 더 크게 보이는 어른이 주위에 돈을 나눠주고 있었다. 그녀는 몸을 돌려 피하려 했지만 먼저 잡혔다. 어느새 어르신이 그녀 앞에 나타나 5만 원을 내밀었다.

"요것은 편찮으신 엄마 몫인께 가져다 주고, 요것은 우리 친구 몫. 바빠서 밥 못 사주니 국수 먹자구!"

만 원짜리 두 장이 나타나 5만 원 위에 얹혀 있었고, 그것이 뿌옇게 흐려졌다.

"…이제 안 나올래요."

"아니지. 나와야지. 우리하고 이야기 친구 해야지. 안 그러나, 자네들. 하하하…"

3.

또 다른 세상은 언제나 있다. 말만 거사이지 사실은 팔난봉에 장성으로 퇴역한 군인에, 아마추어 씨름판에서 이름 좀 날리던 녀석이, 어느 날 문득 사무실에 나타나 이런저런 이야기로 우리를 이 공원으로 유도했다.

"점잖은, 허기사 너는 빼고 격조 있는 윤 교수 자네도 80 다 됐으면 안강망 맛도 봐야지. 바늘 낚시도 좋지만 밑바닥 훑어 잡어까지 빵빵한 그물 끌어 올릴 때 손맛. 야, 그 약 없이도 아래에 힘이 팍 들어간다."

가끔 뉴스에 나오는 그런그런 소식에 윤의 거부를, 늘 그렇듯이 그가 끼어들어 일격에 끝내버렸다. 습관처럼 그 둘의 기행들에 윤은 거절하고, 그런 그를 전복시키는 것은 그였다. 그것은 그들 사이의 관례이다.

"예수 갈릴리 순례하고, 부처 녹야원 법륜 돌리고, 공자 철환 주유했으니 동양 철학자도 군중 잡배들에게도 청취라도 해보자구."

면 소재지 국민학교에서 같은 반 짝으로 만나, 각자 방편대로 살았지만 평생을 같이해 온 친구였다. 돈 거래만

빼놓고 거의 모든 것을 같이 했다. 급전 필요하면 몇천 정도야 주고받고 했지만— 그것도 사업 시작하고 한 번도 실패하지 않은 그가 주로 빌려주었지만, 무리한 요구도 강청도 없는 좋은 관계였다. 술 시작은 거사가 끌었고, 색은 그가 당겨서 동락했다. 지금도 적어도 일주일 한 번, 호텔 사우나는 그의 법인회원권으로 사용한다. 늙어갈수록 친구가 최고다고 그는 믿는다.

맨손으로 연 매출 300억 정도의 중견기업을 만들어서 자식에게 물려줬다. 딸년은 유학 중에 만난 중국 놈과 결혼해 뉴욕에서 부부가 치과의사를 한다. 적수공권으로 커서일까. 남들에게 뭘 준다는 것이 어색하고 싫다. 내 사람이라는 확신이 없는 한, 누구든 내 적이라는 것을 소기업을 이루면서 체득했다. 내 손에 잡히는 것은 내가 가져야 하고, 못 잡겠는 것이나 얻을 수 없는 것은 빨리 떨어버린다. 여자는 많지만 세컨드를 두지 않은 것도 마찬가지이다. 집에 있는 여자도 짐인데 또 하나의 짐을 질만한 성격이 아니다. 중학교 때 별명이 그래서 김삿갓이라고 국어선생이 지어줬다. 기억도 감감한데, 김삿갓의 이상한 시를 읽어주며 감상을 묻자, 그는 그렇게 살고 싶다

고 했던 것 같다. 죽장에 삿갓 쓰고 방랑삼천리 흰 구름
뜬 고개넘어~. 명국환의 노래처럼. 그래서 그는 합자를
못한다. 어렵지만 혼자서 이뤘다, 자신의 삶을. 친구들이
있었고, 부하들이 있었고, 아내가 있었다. 이제 아내는
먼저 가고, 자식들은 제 인생 살고 있지만, 부하들은 지
척에 있지 않아서, 작은 장학재단을 만들었다. 일 년에 2
억 정도의 장학금을 회사 직원들과 모교의 학생들을 대
상으로 준다, 그래서 공식 명칭이 재단이사장이다. 아들
의 지원이 반, 그리고 그의 재산을 착실히 굴려주는 직원
들이 나머지는 벌어준다. 월급 주는 직원이 3명이다.

남자 노인들이 많다는 것으로만, 호언한 그의 의지는
꺾였다. 한 바퀴 돌자고, 그들을 이끌고 거사가 향교를
지나 비석거리로 산뜻 올라서자, 마지못해 두 사람은 따
랐다. 뭐가 이들을 공원으로 모으게 하는가가 궁금했다.
양복에 넥타이를 찬 노인들도, 곱게 두루마기까지 입고
온 노인들도 있었지만, 대부분이 평범한 노인들이었다.
안쪽으로 들어서자 여자들도 보였지만, 그녀들은 그저
농담을 하는지 깔깔대거나, 비둘기 먹이를 주거나했다.

언덕받이 꼭대기의 양편으로 두 개의 길이 있었고, 그 길들을 따라서 여러 가지 놀이판 들이 있어서 장터처럼 와자했다. 그제야 비로소 그는 거사의 의도를 알 수 있었다. 그도 흥미가 당겨 본격적으로 회람을 시작하려는데, 윤이 한자를 쓰고 있는 패들에 관심을 갖고 신발을 벗더니만, 팔각정 마루에 올라서버린다. 싱긋 눈빛만 주고받으며 둘은 석탑이 있는 왼쪽으로 방향을 틀었다. 바둑을 두는 패들도, 화투를 치는 패들도 여러 팀이 있었다. 아래 현충탑이 그림자를 높이 드리워서 엄폐해 주는 듯했다. 무료 급식소, 오층 석탑을 지나, 그 밑으로 교회를 마주 보며 숲속을 지나가자, 아래 공원이다. 자동차들이 놓인 광장에서 보니, 정면의 가파른 계단 너머, 팔각정이 꼭대기만 보였다. 매점 옆 화장실에서 용변을 보고 막 나오는데, 그 나이 정도가 되는 노인 하나가, 훨씬 젊은 남자 둘에게 앞뒤로 갇혀 있는 듯했다.

"그만하시죠, 어른들!"

거사가 멈칫하며, 그쪽으로 발걸음을 옮기려는데, 소리가 났다. 매점에서 남자 하나가 나오더니, 그들에게 다가간다. 낭패로 불콰해진 노인이 고개를 둘러, 매점 주인을 보며, 동정을 구한다. 거사가 멈췄다. 남자 둘은 험악한 표정으로 매점 주인을 위아래로 훑는다.

"왜, 삼자가 남의 일에 끼워들어? 일당 만 원이 이 사람 때문에 공중분해 됐는데. 최소한 벌충은 해야제. 주제를 파악해야지, 돈 내기 장기에 훈수는 뭔 훈수여."

"내 훈수 때문에 진 것… 그 뒤로 다섯 수는 더 뒀으면서….".

"막판에 졸 하나 뺏기면 장은 어떻게 막는데, 이 늙은이야. 나이 처먹었으면 상황파악을 제대로 해야…."

"어이! 거기! 내기 장기를 공공장소에서 뒀어. 그리고 나이를 드시지 처먹는 사람이 어딨어, 엉!"

장성 출신 거사가 한 발을 크게 내디디며 나선다. 매점 주인 상대를 하다가, 갑작스러운 불청객에 두 남자가 눈을 가늘게 뜬 채, 이쪽을 본다. 그리고 그들을 확인하고 목을 가다듬고 대꾸를 하려는데, 거사는 더 가까이 가서 그들 사이에 끼어들어 노인을 그쪽으로 민다. 그가 뒷걸음으로 밀려나는 노인을 부축했다.

"나 장한철이라는 나이 처먹어 늙어버린 거산데, 오늘 어떻게 한 번 해 보자고?"

거사는 짧은 단목을 바지주머니에서 꺼내 양손으로 늘리자, 차차착 소리가 나며 단목이 지팡이로 바뀌었다.

"주인장. 내가 이 친구들 막을테니, 경찰을 부르시게. 아니면 자율정화대 연 뭐란, 내 관사병하던 친구가 있다던데."

"아이구, 어르신! 오해가 있었는가 봅니다. 이분들도 그런 분이 아닙니다. 장난 돈내기 장기에 져서 좀. 아닙니다, 그런 분들. 어서들 들어가세요!"

두 중씰한 남자는 불쾌한 낯빛이지만, 뾰족한 수가 없는 듯 조참조참 뒤로 물러서더니 곧장 공원 아래 계단을 뛰어 내려간다. 지켜보던 거사는 지팡이를 접으며, 씨익 소리 없이 웃었다. 신로심불로. 삼총사가 처음 다른 녀석들과 패싸움 했던 날, 앞장서던 중 3년 거사가 미소 속에서 어른거렸다.

매점 주인에게 수고했다며 악수를 청하자, 갑작스러운 거사의 제안에도 조심스럽게 손을 잡으며 그는 공원에는 이런저런 사람들이 많아 그런다고 사과를 했다. 몸에 밴 예절은 그에게 첫 공장 폐업하던 험한 시절을 환기시켰다.

"식겁했다. 네 나이가 몇이라고 그 지팡이는 또 뭐고."

"나도 식겁했다. 성미 때문에 나서긴 했는데, 불알이 올라붙어버리더라. 크크크…."

"오랜만에 <겨울장미> 김 마담에게나 갈까, 언 불알 좀 풀어보게?"

"좋지. 오랜만에 긴장했더니 나도 생각 간절한데, 에미가 온단다. 감시 당허는 시아버지는 너뿐만 아니다."

오랜만에 긴장은 거사만 아니었다. 그 역시, 여차하면 뛰어들려고 주먹을 풀었던 그도 순간적으로 온몸의 세포가 아우성치는 감각을 느꼈다. 오랜만에 피댓줄 돌아가고, 선반에서 철 깎는 소리 나는 현장에 있는 느낌이 들었다.

"저기 보이는 여자, 향교 대성전 뒷담 바로 위에. 아마저 여자도 박카스 팔러 다닐 것이다."

여자가 나무 그늘에 숨듯이 서있었다. 바둑패와 윷놀이패들이 있는 좀 떨어진, 으슥한 곳에 여자 하나가 서있었다. 윤을 찾으러 오르면서, 그는 고개를 돌려 그쪽을 봤다. 눈이 마주치자, 여자는 고개를 떨궜다, 금방 들었다. 그녀의 손에 박카스 한 병이 들려있었다. 거사가, 그의 옆구리를 팔꿈치로 가볍게 쳤지만, 그는 지갑을 꺼내어 사겠다는 의사를 밝혔다.

"정 궁하면 김 마담 집에 가자. 며느리 널 오라고 할 테니."

"이 사람아. 궁금해서 그래. 자네 다 알아보라면서, 왜 그래. 걱정 마시게, 거사!"

그녀가 바쁘게 올라와 그 앞에 막 서는데, 다른 여자 하나가 번개처럼 그의 옆에 선다.

"남자가 둘인데 짝은 맞춥시다요."

숨을 가쁘게 쉬며, 가볍게 떨고 있는 여자는 절대로 밉상은 아니었다. 뒤에 나타난 여자보다 훨씬 젊었고, 그리고 뭔가 안쓰러움이 있었다.

"허허허. 오늘은 사람 고기보다 쇠고기 먹고 싶은데. 어때, 요 향교 길 건너 좋은 소고기집 있는데, 우리 따라갈 수 있나?"

"그럼요. 좋죠."

더 젊은 여자는 잠시 입을 다문다.

"자, 여기 박카스 값. 이 친구는 내가 박카스 살려고 불렀으니. 야전 px생각난다, 친구."

뒤에 온 여자는 콧소리로 교태를 부리며 거사의 팔을 붙잡았다. 내민 돈을 두 손으로 받으며, 젊은 여자의 두 눈이 더 어두어졌다. 물이 많은 팔자가 분명하다, 인생도 슬플 것이다, 이런 여자는.

4.

심부름센터 남자는 그녀가 손에 놓아둔 봉투를 확인도 않고, 미소로 화답하고 경중거리며 위로 오르는 계단을 향해 나아간다. 그녀의 눈이 그를 뒤좇았다. 거기, 저 위에 또 다른 공간이 있다고. 세상에 그 삼총사들이, 팔십이 넬모레인 분들이, 사회 지도층이라는 분들이, 거기서 장삼이사 노인들 부류와 어울려 논다구? 웃음이 나와야 하지만, 오히려 그들을 지배하는 심리가 뭘까 하는 생각과 호기심으로 그녀는 눈썹을 내리깔아, 감지는 않고 시야를 최소화시키는 버릇으로 생각에 빠져들었다.

그녀는 소리 없는 실소가 나왔다. 말도 안 되는 소리였다. 시아버지는 그런 곳에 갈 사람이 아니다. 성욕 해소가 필요하면 더 좋은 해결책을 수없이 알고 있고 실천력도 높은 사람인데. 지저분하게 그런 곳에 갈 위인이 결코 못된다까지에 이르렀을 때 그녀는 몸을 일으키고 말았다.

세상에 사람이 못할 일이란 없다.

본과에서부터 레지던트, 펠로우에 이르기까지 의료기관 사람들이 그녀에게 보여준 것도 역시, 무슨 일이던 인간은 행위 가능한 존재이라는 사실이다. 설마가 존재할 수 없는 곳이 그녀가 살고 있는 지금, 여기 이 세상이다. 그녀는 펠로우에서 밀렸다. 가장 신뢰했던 동창 남자에게. 항상 일등이었던 그녀를 남자의 세계에서 남자들은 밀어냈고, 그녀보다 못한 남자를 주니어로 올렸다. 뭐라고 말했었지 그때, 주임과장이 일등은 순서에 불과하다고 했다. 순서가 위계의 전부인 곳에서, 그런 가당찮은 핑계로 그녀를 거부했다. 그때였을 것이다. 지도교수가 소환해서 지원서를 내지 않는 게 좋겠다고 했을 때부터 그녀는 난처한 일을 당하면, 눈을 내리깔아 시야를 최소화시켰다.

'못할 것은 없고 안 되는 것도 없어. 그런 생각이 독약이지.'

남자가 보여준 핸드폰에는 동영상 3개와 사진들이 있었다. 시아버지가 세상에, 누가 얼굴이라도 알아보면 어쩌려구. 양복차림으로 윷판에 앉아, 그것도 노름꾼들이 주로 한다는 종지윷놀이 판에 끼어있단 말인가. 그 체면을 각별히 아시는 분이. 아니, 거사님이 저렇게 각오한 표정으로 짝패가 되었고. 더구나 윤 교수까지 바로 뒤에 바짝 붙어, 저렇게 진지한 눈빛으로. 치매가 합동으로 오는 수도 있나? 동영상은 더욱 기가 막혔다. 권하던 결과가 나왔는지, 삼총사 말이 뒷걸음쳐 상대편 말을 잡자 두 양반들은 양손을 번쩍, 뒤에 서계시던 윤 교수님은 양팔로 안으며 환히 대작 웃는 모습은 정말 가관이었다.

다음 영상에는, 그녀조차 낮은 한숨을 내쉬었다. 중절모를 쓴 연로하신 분이 팔각정에서 일필휘지로 A4 용지에 큰 매직 펜으로 글을 써서 보였다. 거사님이 단박에, 손가락으로 向자를 가리키며 뭐라고 하시는데, 들리지 않는다. 아마 틀렸다는 말일 게다. 가끔 집에 와서 세 분만 놀 때에도, 고집들을 꺾지 않고 종당에는 웃음도 없이 헤어지기도 했다. '불알친구들과 남자들이 노는 방법'이라며, 남편이 개의할 것 없다는 것으로 봐서 익숙한 이별

법인가보다 했다가, 결혼해 첫해 지나면서는. 안주상 차려, 시모와 함께 사랑으로 내갔을 때 자주 목격했던 표정들이다. 중절모 남자 역시 손가락질하며 항변을 하며 다투는 모양이다.

그리고 마지막 동영상은 그녀의 동공을 확대시켰다. 50 차마 못된 여자와 더 되어버린 두 명이 시아버지와 거사를 사이에 두고 60년대 영화의 여자들처럼 풀밭에 앉아 있었다. 남자가, 윤 교수는 상거 떨어진 데에서 노인 한 분과 열띤 논쟁을 하는 중이라고 부언까지 해주었다.

"그때, 재수 없이 빠떼리가 나갔어요. 어르신 운이 엄청 짱짱하신 것 같습니다."

남자는 절호의 기회를 놓친 반란군 같은 표정으로 억울해했다. 그녀는 그래서 그 작은 자본으로 이렇게 큰 중소기업으로 치부를 했답니다는 말은 하지 않았다.

"그것이 참, 분명히 여자들을 끌고서 향교 신호등 건너편 불고기집에 윤 교수님, 거사님과 들어가셨는데."

여자는 그 자리에서 잠시 더 앉아있기로 했다. 안심도 된다. 지금 시아버지는 위 공원에서 윷놀이하며 놀고 있다. 다행이다. 아이들이 외탁해 준 것이. 두 아이들은 과외 한 번 하지 않고도 <수학 아카데미>니 <과학경시대회>에서 발군의 능력을 발휘하곤 한다. 친정 오빠 동생들도 그랬다. 윷놀이 대신 클로스 워드하는 영어교사 출신 외할아버지가 낫고, 주말마다 골프하는 아버지 대신 연구소에서 실험하고 있는 외숙부가 더 가치 있을 터이니. 그러나 그것이 다 좋은 것일까? 문득 어떤 게 더 좋다고 판단할 수 있는 근거가 모호해졌다.

친정의 모토인, 부부는 그냥 해로가 아니라 상호 신뢰와 정결함으로 주님 앞에서 순전하게 해로해야 한다. 그러나 시어머니와는 임종까지도 친밀해지지 못했고, 둘다 노력하지 않았다. 정력가인 시아버지의 뒤치다꺼리와 싸움에도 힘이 겨웠을 것이고, 그녀 역시 병원과 아이들 키우는 일에 정신이 없었기 때문이다. 그래서 그들이 본다는 것은 데면데면 그 이상 이하도 아니었다. 부전자전이니 남편 역시, 입으로야 아버지에게 질려서 외도는 절대로 안 한다고 했지만, 외도란 것이 외방의 길로 나아가는 것이고, 외방이야 모든 사람들이 언제나 매 순간 향하고 싶어 하는 방향이니 말이다.

외는 내와 어울려 있어, 모든 변화와 轉變의 기초가 되는 것이다. 그것이 인류가 살아 움직이는 본질적 방법이라고 그녀는 확실히 믿었다. 그녀 역시 많은 남 의사들을 두고도 사업하는 남자를 만난 이유가 안에서의 그 일상성과 투명성이 질리게 했기 때문이다. 가운, 진료, 휴식마저도 비슷한 병원 안의 세계가 그녀를 병원 밖으로 내몰았다. 자격을 갖춘 자들에게 변환은 그리 어렵지 않다. 이런 점에서 여자라는 것도 상당한 안정적 고지를 제공해준다. 오빠처럼 전공 바꾸는 것조차 가정의 문제가 되는 법은 없다. 딸은 '네 알아서 해라.. 어련히 알아서 잘하겠니' 물론 그 안에 담긴 책임회피에 대한 조작적 냄새를 잡아내는 것도 안 된다. 건 내가 좋아하는 페어플레이가 아니다. 변칙으로 갈아타려면 곁에 붙어 있는 다른 조건들을 모두 가져와야 한다. 그리고 신속하게, 결정의 번복이 불가능하게 돌렸다. 변화는 역동성이 없으면 되지 않는다. 적어도 방향을 바꾸려는 그런 동작은.

"환자 들여보내세요."
가운으로 갈아입고 내려온 커피를 한 모금 마시고 그녀는 간호사에게 말했다.

"이영진 환자! 들어오세요!"

늘 목소리가 큰 간호사가 소파에 앉아 있는 사람들을 향하여 소리를 높인다. 그래 나를 나로 적확하게 안착시키는 저 소리. 나를 호명하는 저 소리. 내가 그래도 상대적 우월감 갖게 하는 직업인 의사라고 나를 정치해주는 이곳. 원장이라 호칭되며 43평 병원의 주인으로서 나는 여기에서야 비로소 내가 되는 거다. 그러기 위해서 치러야 할 대가는 있어야겠지.

아무리 해도 주말 이틀 모두 쉬고, 평일에도 10시부터 5시까지 하는 병원은 적자를 감수해야 한다. 적자라고 해봐야 한 해 일억 조금 넘을 뿐이다. 그것이라도 남편의 몫으로 돌려줘야 한다. 부부라고 불리는 집합명사에는 의무와 권리가 동등하게 들어있어야 한다가, 그녀의 결혼 조건이었고, 기꺼이 남편은 그녀의 조건을 수용했다. 사업가에게 의사 아내는 어쩌면 부조화의 외방이며, 그래서 다른 시너지를 줄 수 있을 것이라는 생각을 했다며, 남편은 약혼식을 끝내고 집까지 바래다주는 길에 말했다. 조금도 섭섭하지 않았다. 그녀 역시 마찬가지였으므로.

문득 혼자가 아니라 친구들과 같이 있다니 그나마 안심이 된다. 그런데, 그게 더 문제가 아닐까? 문득 그녀는 자신이 어디에 있는가를 확인했다. 그리고 고개를 돌리는데, 이쪽을 보고 있는 주인인 듯한 남자와 눈이 부딪혔다. 남자는 무연하게 보는 듯했지만, 직업적 습관 때문인지, 시선은 파라솔 아래 탁자를 훑고 있었다. 그녀도 남자의 시선에 따라가다, 문득 다른 파라솔 탁자엔 모두 음료수니 과자가 있는데, 자신의 테이블은 텅 빈 것을 알았다.

공평은 그녀에게 있어 최선의 도덕률이었다. 가르치지 않고 배우지도 않았지만, 그녀는 세상의 정의는 공정과 공평에서 시작되는 것이라 믿었다. 미션스쿨을 다녔던 그녀에게, 채플 시간은 큰 고통이었지만, 단 한 마디 <속이는 저울은 미워하시나 공평한 추는 여호와께서 기뻐하신다>에, 그 시간도 가치 있다고 생각했다.

공원은 그야말로 공공의 마당이다. 공원의 매점 역시 그러하다. 공원의 질서를 지켜야 하듯, 공원의 매점의 질서나 규칙도 따라야 한다. 여름날 그늘을 만들기 위해 든 여러 가지 노력에 대한 최소한의 대가는 치러야 한다. 그녀는 몸을 일으켜 매점으로 향했다. 과자라도 몇 종류 사가지고 간호사들에게 먹일 생각이었다.

"안 사셔도 됩니다…. 파라솔은 누구에게나 무료입니다."

그녀의 생각이 맞았다. 공짜 파라솔 손님에 대한 경고의 눈빛이 맞았다. 첫째 마디 말이 흐려졌던 것이 그 방증이다.

"아네요. 줄 사람 있어 사는 겁니다."

이 남자도 누군가에게 상처 입은 사람일 것 같다는 막연한 생각이 들었다. 무료입니다의 뒤에 짧지만 깊은 호흡은, 통상 깊은 상처 입은 환자들에게서 볼 수 있는 공통된 행동이다.

카드로 계산을 하고, 봉지에 과자를 담아주는 남자의 무심한 태도에서 아직 다 치유되지 않은 고통이 드러났다. 그녀는 고개를 까닥 숙이고 매점을 나오자마자 양산을 폈다. 시야 정면에 계단이 눈부시게 하얗게 빛나 보였다. 눈이 부셔 층계의 높낮이가 구별하기 어려웠다.

저 위, 거기에도 또 하나의 공원이 있고, 그 공공의 마당에서 시아버지 3인방들의 일탈이 있다는 것이 갑자기 비현실적으로 느껴졌다. 부족할 게 없는 분들이 우정 이런 곳이 아니더라도, 도락과 여가를 즐길 수 있는 분들이 왜 도대체? 도무지 대중이라는 부류에 속할 것이라 생각되지 않은 사람들이, 보통의 많은 노인들이 애용할 수밖에 없는 곳을, 한자리 차지하여 이용하고 있다는 사실이 불가해한 방정식처럼 난해했다.

"잠시…"

누군가가 그녀를 밀다시피 젖히며 계단 앞으로 달리듯이 내려선다. 매점으로 들어간다.

"위에 있는 공원도 차를 가져갈 수 있나요?"

"네? …아닙니다. 대신 향교 주차장 이용하시면, 그래도 여기서 걷는 게 나을 겁니다."

"사람이 많다면서요, 험한 분들도!"

"누가요! 아닙니다."

목소리가 너무 단호했고, 거부가 정직해서 그녀는 놀랐다. 잘못한 아이들처럼, 그녀가 주인 남자를 바라보았다.

"공원에는 누구나 오는 겁니다. 공원은 문턱이, 그래서 없습니다."

"죄송했습니다. 그렇군요."

그녀는 봉투를 들고 바쁘게 나왔다. 그리고 쫓기듯이

빠른 걸음으로 계단을 내려가기 시작했지만, 결코 서쪽 기우는 햇살이 만들어 내는 자신의 짙은 그림자는 따라 잡을 수 없었다.

사흘 길

하루도 아니가서 1

윤석우

사흘 길 하루도 아니 가서 1

윤석우

신순정 어르신 보호자시죠? 어르신 산소포화도가 80%까지 뚝 떨어졌어요. 간호사의 목소리가 다급했다. 영길은 가슴이 덜컥 내려앉았다. 그간 병원 응급실 전화번호가 뜨면 바짝 긴장하곤 했다. 간호사의 곤두선 목소리가 마음을 죈다. 점심 식사 후 나른함을 떨치고 막 오후 업무를 시작하려던 참이었기에 더욱 그랬다. 네? 영길은 순간 놀랐으나 상황을 빠르게 감지하고 다음 말을 이었다. 30분이면 갑니다. 조금만. 어머니 목숨을 조금만 더 붙잡아 주세요. 영길은 차마 마지막 말은 뱉어내지 못했다. 간호사가 같은 말을 반복했다. 산소포화도가 떨어져서는 오르지 않고 있다니까요. 매우 위험해요. 빨리 오세요. 할 건 다 해봤다는 말이다. 머리카락이 쭈뼛 섰다. 영길은 옆 부서 과장에게 뒷일을 부탁하고 사무실을 나섰다. 무슨 일이냐 묻는 과장의 말에 어머니께서 위독하시다는 한마디를 던지고 구청을 나서서 승용차에 올랐다. 아니, 그렇게 위급했으면 미리 전화했어야지. 이제야 전화해서는 급하다 빨리 오라 채근하면 어떡하냐고. 핸들을 꺾으면서 볼멘소리로 웅얼댔다. 퇴임을 앞둔 영길은 할 일이 그리 많지 않아 시간 여유가 있었기에 더욱 그랬다.

어머니의 임종을 보지 못하면 어떡하나. 영길은 조바심쳤다. 그간 어머니의 죽음을 예상치 않은 것은 아니었다. 그러나 이렇게 급히 닥칠 줄은 몰랐다. 어제도 어머니를 뵙고 오지 않았던가. 그때도 주치의는 내일이라고 언급하지 않았었다. 적어도 하루 전이라면 언질을 줄 수 있지 않았겠는가. 미리 알려주지 않은 의사에 대한 원망이 치밀어 올랐다. 침착하자. 마음을 다잡고 한 손으로는 핸들을 잡고 다른 한 손으로는 핸드폰을 들어 우선 고향의 영호에게 전화했다. 큰형님, 어머니께서 위독하시다고 병원에서 연락이 왔어요. 지금 가는 중인데 알고 계세요. 영선이에게도 알려주시고요. 어차피 어떤 위급상황일지라도 상경하기는 어려운 사람들이니 상황을 알리는 정도로 전화를 끊었다. 바로 둘째 형인 영수에게 전화했다. 형님, 지금 병원으로 가는 중입니다. 영균 형에게도 알리세요. 괜찮으시면 병원으로 오시고요. 대학에서 퇴임하여 쉬고 있는 영수와 목회를 하는 영균은 그리 멀지 않은 곳에 사니 어머니의 임종을 지킬 수 있다면 함께 해야 한다는 생각에 그리 말했다. 마음이 급한 만큼 도로는 막혔다. 평소 막히지 않은 길인데 체증이 심하다 생각했다. 10여 분쯤 지났을까. 다시 전화벨이 울렸다. 간호사였다. 어디쯤이세요? 산소포화도가 더 떨어졌거든요. 빨리 오셔야겠어요. 네 지금 가고 있습니다. 가고 있다는 말밖에 더 붙일 말이 없었다. 조급증이 일었다.

그렇게 한참을 달려서 병원이 빤히 보이는 길 위에서 영길은 간호사의 세 번째 전화를 받았다. 임종하셨어요. 조심히 오세요. 간호사도 영길이 어머니의 임종을 지키기를 바라는 마음으로 두 차례 전화한 듯했으나 끝내 임종을 지키지 못하고 말았다. 영길은 온몸에서 힘이 빠지는 것을 느꼈다. 오 분이 더 지나서야 병원에 겨우 도착할 수 있었다. 주차장에 차를 던지듯 세우고 5층까지 뛰어올랐다. 5월 2일 14시 37분. 임종하셨습니다. 중환자실의 무균실로 들어서는 영길에게 의사가 덤덤한 표정으로 어머니의 임종 시각을 내뱉었다. 항시 방호복을 입고 들어서던 무균실이었다. 어머니가 보였다. 흰 천을 덮지 않아 창백한 모습 그대로였다. 영길은 어머니의 이마에 손을 가져다 댔다. 냉기가 손끝을 타고 쩌르르 올라왔다. 어머니의 죽음을 실감할 수 있었다. 영길은 의사에게 물었다. 어제 뵀을 때, 오늘 가실 거라고는 말씀하지 않으셨잖아요. 이렇게 급히 가실 수도 있나요? 어제도 말씀드렸잖습니까. 언제 가셔도 전혀 이상하지 않은 상황이니 마음 준비하시라고요. 의사는 어떤 상황에서도 그래야만 했다는 듯 태연했다. 그래도 어제 뵀을 때 오늘쯤이라고 말씀해 주실 수는 있었잖습니까? 의사에게 따질 상황이 아니라는 걸 알면서도 영길은 임종을 지키지 못한 아쉬움을 내비쳤다. 영길은 내내 안타까워했다. 미리 알았더라면 휴가를 내어서라도 어머니의 곁을 지킬 수 있지 않았겠는가. 그랬더라면 아쉬움과 안타까움이 덜했을 거라 생각했다. 집이나 요양원에서 임종을 맞이했더라면 염불이라도 들려 드릴 수 있었겠지만 병원이라서 그럴 상황은 안 되었을 테니 클래식 연주라도 들려드릴 수 있었으리라. 또 어머니의 손을 잡고 '그간 수고하셨어요. 아버지 없이 우리 오 남매 낳아 잘 길러 주셔서 고맙습니다. 어머니가 자랑스러웠어요. 사랑해요.' 그런 말들을 끊임없이 귓전에 속삭일 수 있었으리라. 항간에 도는 말로는 심장이 멎은 후 삼십 분이 지나도록 사자의 귀는 열려 있다고 했다. 그래서 그렇게 하고 싶었던 터였다. 그러나 모든 것은 본의와 다르게 빠르게 흘러가고 있었다.

영길의 아내는 병원에 도착하자마자 예약해 둔 앰뷸런스 기사에게 전화를 걸었고 병원 업무과에 내려가 신속히 사망확인서를 떼어 왔다. 사전에 영길은 어머니께서 돌아가시면 고향에 모시기로 영호와 합의했기 때문이었다. 시신을 어찌 움직일 수 있느냐 말하는 사람도 있었지만 고향에 묻히는 것이 어머니의 소망이기도 했고 자녀들의 바람이기도 했다. 특히 어머니는 화장을 원치 않으셨기에 고향으로 모실 수밖에 없었다. 영길은 다시 핸드폰을 들었다. 큰형님! 어머니께서 돌아가셨습니다. 영길의 전화를 받던 영호는 잠시 말이 없다 입을 뗐다.

그래. 알았다. 여기는 내가 알아서 준비하마. 잘 모시고 내려와라. 그런데…… 임종은 지켰냐? 영길은 영호의 질문에 바로 답하지 못했다. 아니요. 오 분쯤 늦어서 못 했어요. 영길은 죄인이라도 된 양 말끝을 흐렸다. 다가오는 토요일에 형제자매가 어머니를 뵙기로 했던 터라 영호의 상실감이 클 만했다. 영길 또한 안타까움이 컸다. 임종조차 지키지 못했으니 영호의 헛헛한 마음이야 오죽했으랴. 장남으로서 만감이 교차하는 듯했다. 영길은 다시 영수에게 핸드폰을 들었다. 형님, 어머니께서 돌아가셨어요. 병원으로 오실 필요는 없겠습니다. 지금 어머니를 모시고 고향으로 내려갈 테니 그리 오세요. 알았다. 영균이에게 연락해서 같이 내려가마. 영수는 군말을 붙이지 않았다. 모든 일이 정해진 수순대로 진행되는 듯했다.

영길이 앰뷸런스에 오르려는데 아내가 사망확인서를 건네며 걱정스러운 표정으로 입을 열었다. 함께 갈까요? 먼 길 혼자 가려면 힘들 텐데. 아냐. 괜찮아. 어차피 앉을 자리는 하나밖에 없어. 앰뷸런스에는 시신을 누일 자리와 그 옆에 간이의자 하나가 덩그러니 놓여 있을 뿐 아무

것도 없었다. 앰뷸런스는 모든 것을 털어내듯 경고음을 울리며 병원을 빠져나와 복잡한 서울 시내 도로를 질주했다. 요란한 경고음이 울리자 차들은 거짓말처럼 길을 터줬고 운전기사는 신호등조차 무시하고 고향을 향해 내달렸다. 사자를 위하고 보호자의 심정을 알아차린 기사의 배려라면 배려였다. 영길은 다시 고향의 영호에게 전화를 넣었다. 지금 출발했습니다. 아마 6시간쯤 후면 도착할 것 같아요. 도착할 때쯤 다시 전화할게요. 영길은 핸드폰을 끄고 잠시 숨을 고른 후 재킷 속주머니에 넣어뒀던, 아내가 건넨 사망확인서를 꺼내 보았다. 발병 일시 : 3월 8일 00시, 사망 일시 : 5월 2일 14시 37분, 사망 장소 : 영생병원, 사망의 종류 : 병사, 의사 : 정수현. 병원 응급실에서 보낸 2개월 남짓한 날들이 주마등처럼 스쳐 갔다.

그러니까 이 개월 전, 어머니는 요양원에서 뇌출혈로 쓰러지셔서 병원 응급실로 실려 갔었다. 아직 찬 바람이 채 가시지 않은 3월 초였다. 뇌 사진을 보여주면서 의사가 그랬다. 삼분의 이가 피로 가득 찼습니다. 이 상황에서 저희가 할 수 있는 일은 대학병원으로 모시고 가라는 말씀밖에 드릴 말씀이 없어요. 대학병원에 가도 수술을 하자고 할 겁니다. 그런데 연세가 구십사 세잖아요. 수술하다가 잘못될 수도 있고 수술을 한다 해도 언어가 돌아온다거나 예전처럼 걸으실 수 있지는 않아요. 그러니 여기서 지켜볼 것인지 수술을 할 것인지 가족들과 상의해서 저희에게 알려주세요. 의사의 말로 보면 손 쓸 일이 없다는 얘기였다. 영길은 그 밤에 반 이상 하얗게 변한 어머니의 뇌 사진을 보고 형제들에게 일일이 전화를 돌렸던 순간이 떠올랐다. 다들 수술을 저어했었다. 한참을 그렇게 사망확인서를 응시하다 어머니에게 눈길을 돌렸다. 어머니의 사망을 접하면 폭풍 같은 눈물이 쏟아질 줄 알았는데 거짓말처럼 눈물은 흐르지 않았다. 안전벨트에 단단히 묶인 어머니의 손을 가만히 잡고 눈을 감았다.

어머니 죄송합니다. 우선 이렇게 어머니를 모시고 고속도로를 달려서 죄송해요. 임종을 지키지 못한 것도 죄송하고요. 자식이 다섯이나 되는데 어머니 한 분 모시지 못해 정말 송구합니다. 생전에 그러셨지요. 나는 너희 다섯 애먼글면 종종걸음치며 키웠다. 그란디 나 하나 건사

못해야. 다 살기 바쁘니까 그렇잖아요. 그렇게 어머니 말씀에 대꾸했지만 어머니 말씀처럼 아들과 오순도순 살며 며느리가 해 올리는 삼시 세끼 따뜻한 밥에 손주 손 잡고 들로 산으로 산책하시지 못하게 해 죄송했고요. 공무원 생활한답시고 어머니를 요양원에 모신 것도 죄송합니다. 넘어져 골반을 다치셨더라도 어머니를 모시고 살았어야 했는데요. 그리고 겨우 일주일에 한 번 점심 식사 준비해 가서는 한 시간 남짓 식사하고는 자식 도리 다 한 것처럼 말씀드려 죄송해요. 어머니께서 넷째인 저희 집에서 15년을 사셨는데 그중 저희와 몸 비비며 사신 세월이 7년여, 그리고 나머지 7년여는 요양원에 계셨었지요. 그리 오랜 기간이 아니었음에도 저희는 어머니를 15년 모셨다고 생각했었네요. 영길은 그렇게 어머니께 용서를 구하는 심정으로 마음을 털어놓고 있었다.

특히 명절 외박 때가 떠올랐다. 2박 3일. 명절 전날 모시고 왔다가 명절 다음날 모셔다 드리곤 했는데 영길이 조금 늦을라치면 어머니는 잊지 않고 한 소리 뱉으셨다. 아야. 왜 이렇게 늦게 왔냐. 우리 방 노인네 한 사람은 아침 일찍 자석들이 데리러 왔더라. 네 어머니. 명절 장 보고 이것저것 음식 준비하느라 좀 늦었어요. 그래도 어머니는 다른 할머니들보다 늦게 당신을 데리러 왔다고 못 마땅해 하셨다. 요양사 아주머니는 어머니를 모시고 나와서는 눈을 찡긋거리며 속삭이듯 말했다. 아까부터 나와서 아드님 오기만 기다리고 계셨어요. 금방 오실 거라고 말씀드렸는데도 엘리베이터 앞을 떠나지 않고 계셨거든요. 어머니께서는 이미 옷을 갈아입으시고 드실 약과 틀니 상자, 옷 등을 챙겨서는 오전부터 요양원에서 나갈 준비를 하고 계셨다는 것이다. 그렇게 휠체어에 앉아 요양원 복도를 왔다 갔다 하셨다는 얘기에 영길의 마음이 편치만은 않았다. 영길이 어머니를 모시고 아파트에 들어서면 어머니는 휘파람 불 듯 크게 외치셨다. 하이고, 이제서야 우리집에 왔구나.

영길은 언젠가 아내로부터 들었던 말을 잊을 수가 없다. 어머니는 어느 날, 영길의 아내를 붙들어 앉히고는 강단지게 한소리하셨다고 했다. 아야이, 며늘아가. 그래도 니가 나랑 젤 잘 맞어야. 느그 성들이 싯이나 되야도 내가 안 편한게 니가 직장을 그만 두고 나 데꼬 살면 으 짜겠냐. 영길의 아내는 이러지도 저러지도 못하고 입을 제대로 떼지 못했다고 했다. 잘하고 있는 직장을 어머니 모시겠다면서 그만둔다면 헌신적인 며느리는 될 수는 있겠지만 사무실을 그만두기가 어찌 그리 쉽겠는가. 녹록잖은 서울살이잖던가. 우선 아파트 대출금을 갚기 위해서라도 자신의 힘이 필요했고 아직 둘째는 대학생이어서 학비야 생활비야 신경 쓸 곳이 한두 군데가 아니었다. 이 얘기를 아내로부터 전해 들은 영길은 가슴이 턱 막혔다. 어머니는 우리 사정도 헤아리지 않으시고 그런 말씀을 해서는 당신을 힘들게 했네. 미안한 마음에 아내에게 한 마디 툭 던졌었다. 그러나 정작 영길을 힘들게 한 말은 아내로부터 전해 들은 마지막 한 마디였다. 서방한테 버림받은 년을 자석들이라고 받들겠냐. 어머니가 한숨을 몰아쉬며 신세를 한탄하셨다는 말씀이었다.

아버지는 돈 버는 재주가 특별했다고 했다. 주로 다루는 물건이 철물이었는데 제작 솜씨도 남달라 기술자로서도 대우를 받았을 뿐만 아니라 시장에 점포를 내 장사

수완도 특출했던 모양이었다. 영길은 어릴 적 읍내 장터에 있던 아버지의 점포에 두어 번 가본 적은 있으나 그것이 대단하다고는 생각해 보지 않았다. 왜냐하면 그것이 가게랄 것도 없이 송판을 덧댄 허름한 점포였기 때문이었다. 그러나 아버지는 그 점포에서 나오는 이익금보다 공장이 있는 도시에 가서 주물 기술로 많은 돈을 벌어왔다고 했다. 덕분에 마을 주변의 농지를 매입하는 속도가 남달랐고 살림살이가 크게 번창했다. 그래서 가세가 커지고 일꾼을 두엇 두고 농사를 지을 상황이 되자 집안 살림의 규모 또한 커졌다. 아이들은 많고 집안일이 번잡해져서 어머니는 아버지에게 집안 잡일을 도맡아 해줄 부엌데기를 요청했다. 그러나 그것이 화근이었다. 아버지는 그 부엌데기와 정분이나 딴살림을 차리고 말았기 때문이었다. 어머니는 그 일을 두고두고 후회하셨다. 영길은 전해 들은 이야기였지만 들을 때마다 치밀어 오르는 분노를 잠재우지 못했던 기억이 있다.

앰뷸런스는 서울을 빠져나가자 경고음을 지우고 쏜살같이 달렸다. 경부고속도로를 달리나 싶었는데 어느 순간 서해안고속도로 위를 달리는 듯했다. 차창으로 고개를 돌렸다. 세상은 온통 화사했다. 아까 구청 사무실을 나섰을 때는 느끼지 못한 계절의 훈김이었다. 가까이 보이는 산에는 신록의 싱그러운 나뭇잎들이 산들바람에 살랑대고 있었고 언뜻언뜻 스치는 고속도로 주변의 논에서는 모내기를 하기 위해 물을 대 써래질을 해 놓은 곳도 보였다. 형언하기 어려울 정도로 하늘은 높고 푸르렀다. 순간 앰뷸런스 기사가 쪽문을 열고 영길에게 큰소리로 외쳤다. 간이휴게소에 잠깐 들렀다 갈게요. 이미 차는 휴게소로 들어서고 있었다. 영길은 고개를 끄덕였다. 서울에서 세 시를 조금 넘어 출발했고 제법 시간이 흘렀으니 충남 어디쯤이거나 아니면 전북 어디쯤으로 생각되었다. 차가 멈추자 기사는 화장실로 내달렸다. 화장실이 급했나 보았다. 차 밖으로 나서자 오월의 달큰한 바람이 귀밑을 휘감았다. 긴박한 상황에 느끼지 못한 계절감이었다. 휴게소 옆 논에는 둑을 따라 자운영꽃들이 줄지어 피어 있었다. 영길은 휴게소 언저리에 서서 영호에게 핸드폰을 들었다. 형님, 지금 휴게소에 잠깐 들렀는데요. 생각보다 일찍 도착할 것 같아요. 지금 다섯 시 반쯤이니까 일곱 시쯤이면 도착할 것 같습니다. 그렇게 준비해 주세요. 거기 톨게이트 지날 때쯤 다시 전화할게요. 참, 장례식장은 정하셨어요? 어머니 영정도 준비하셨고요? 영길은 영호가 어련히 알아서 준비했을 것을 알았으면서도 한 번 더 언급했다. 중앙장례식장 1층으로 정했다. 어머니 영정도 준비했고. 영호는 바쁜 듯 누군가에게 뭐라 뭐라 얘기하다가 영길의 전화를 받는 듯했다. 하긴 영길은 어머니를 모시고 고향으로 동행하는 일 외엔 할 일이 없었지만 영호는 이제부터 시작인 셈이었다. 장례식장을 잡는 일부터 장지를 정하는 것과 묘지를 쓰는 일까지 할 일이 태산이었을 터였다.

어머니 장지와 영정 사진을 두고도 할 말이 많은 영길이었다. 오래전부터 어머니를 모실 장지로 선영을 준비하기를 바랐다. 불행히도 선영이 도시개발로 사라졌기 때문이었다. 영호의 의지가 부족했던지, 상황이 여의치 않았던지 미처 선영을 마련하지 못하고 있었기에 어머니의 장지는 불안정한 상태였다. 게다가 영정 사진 또한 그런 상태였다. 영길이 영정 사진을 언급할 때마다 영호

는 전에 준비해 둔 것이 어디 있을 것이니 잘 찾아보라고
했다. 영길은 영호의 말에 내심 못마땅해하고 있었다. 장
남의 역할이 그런 것들 꼼꼼히 준비하는 것 아니겠는가
싶어서였다.

　작년이었던가. 요양원에 계신 어머니를 뵈러 올라온
영호는 어머니 영정 사진을 분홍 보자기에 싸 왔다. 영
길은 보자기를 풀어보고는 한숨부터 내뱉었다. 이십여
년 전에 찍은 사진이었기 때문이었다. 게다가 시골에서
농사지으시던 때 모습이라 사진의 상태가 영 마뜩잖았
다. 형님, 이걸 영정 사진으로 쓰기는 어렵겠는데요. 전
에 다른 사진이 있었던 것 같은데 집에 없던가요. 글쎄
다. 내가 찾아보니 이것밖에 없어서 이것을 들고 왔다만.
영호는 말끝을 흐렸다. 영호의 짐작으로도 어머니 사진
이 이것 말고 또 있었던 것을 기억하는데 며칠 집을 뒤집
었어도 찾을 수 없다고 했다. 어머니가 요양원에서 쓰
러져 병원으로 이송된 다음 날, 온 형제가 모여 입을 모
아 어머니의 사후 상황을 점검했었다. 돌아가시면 고향
으로 모셔서 장례를 치른다. 영정 사진은 팔순 때 찍은

것을 보정해 준비한다. 물론 자식이 다섯이나 되니 다들 생각이 같을 수는 없었다. 서울 인근에 사는 영수와 영균은 서울에서 장례를 치르는 것이 낫겠다고도 했다. 그 이유로 여태껏 서울에 계셨으니 서울에서 치르는 것이 낫지 않겠냐는 것이었다. 그리고 어떻게 시신을 이리저리 옮기냐는 것이었다. 그러나 영길의 생각은 달랐다. 어머니 살아생전에는 자신이 모셨으나 장례부터 제사까지는 집안의 장남인 영호가 있는 고향에서 했으면 좋겠다고 의중을 내비쳤다. 게다가 어머니의 고향이면서 자식인 우리의 고향이기도 했으므로 그랬다. 영호는 오랜 기간 넷째인 영길에게 어머니를 맡겨 놓은 것을 늘 미안해했다. 그러나 영수와 영균은 영호가 어머니 장례에 대해 꿍꿍이가 있는 것으로 오해했다. 그러니까 영길이 서울에서 어머니 장례를 치르고 싶은데 영호가 고향으로 어머니 시신을 끌고 내려가 부의금을 챙기려 한다 생각하고 있었기 때문이었다.

　영수와 영균이 그렇게 생각하는 것도 무리는 아니었다. 왜냐하면 이제껏 영호가 어머니를 영길에게 맡기다시피 했기에 그랬다. 영호는 장남이면서 아버지로부터 재산까지 받았으니 당연히 어머니를 모셨어야 했는데 그렇게 하지 않았다고 알게 모르게 자신들의 의중을 강하게 드러내 왔었다. 영수와 영균은 사는 곳도 그리 멀지 않아 자주 왕래가 있는 듯했고 특히 종교가 같아 생각하는 바도 비슷했다. 그건 아버지에게도 책임이 있었다. 딴살림 차려 나갔던 아버지는 장날이면 새벽같이 잠깐 집에 들르곤 했는데 집안을 한번 휘 둘러보는 시늉을 한 후 어머니가 차린 아침을 먹는 둥 마는 둥 하고 부랴부랴 장으로 나가시곤 했다. 그렇게 집안일에 별 관심을 두지 않으면서도 영호가 건물을 지으려는데 자금이 부족하다고 하니 당신 명의로 된 논을 팔아 주었었다. 그러면서 조건으로 내세운 것이 동생들의 교육이었다. 그런데 영호가 그 책임을 다하지 못해 어머니께서 고생하셨다며 영수와 영균은 그간 집안 행사에 미온적인 태도를 보여 왔었다. 하물며 어머니가 요양원에 계실 때조차 형제들이 요양원 비용을 십시일반 하기로 했는데 그들은 한 번도 입금하지 않았었다. 당연히 영호가 그 모든 비용을 대야 한다고 주장했기 때문이었다.

앰뷸런스가 다시 출발했다. 장례식장이 준비되었다는 소식을 듣고 영길은 고향 친구들, 고등학교와 대학 시절의 친구 몇 놈, 그리고 아까 구청 사무실을 나올 때 어머니의 위급상황을 알렸던 옆 부서 과장에게 전화해서 부고를 알렸다. 그 외에 알릴 데는 없었다. 그간 영길은 부고를 알리는 것에 마뜩잖아했었다. 가족끼리 조촐하게 어머니의 삶을 되뇌고 어머니에 대한 사랑과 추억을 되새기며 장례를 치렀으면 했다. 그러나 현실은 달랐다. 아니 우선 나머지 형제들의 생각부터 달랐다. 영길은 늘 부모님 장례나 자녀 결혼에 조의금이나 축의금을 받지 않기를 바랐다. 작은 장례, 작은 결혼식을 생각하곤 했었다. 일반적으로 조의금을 부조라 한 것은 큰일을 당했을 때 경황이 없고 경제적으로도 여유가 없을 테니 마음을 모아주자는 데서 비롯되었으니 그렇게 해야 한다 여겼다. 농경사회에서는 쌀이나 보리쌀 한 됫박이었던 것이 산업사회가 되면서 돈이 그 자리를 대신 했을 터였다. 그랬던 것이 이제는 본의를 벗어나 그간 부조를 해 왔으니 나도 결혼이나 장례에 부조금을 받아야 한다는 심리가 발동하여 부조금 받는 것을 쉬이 포기할 수 없게 된 것은 아닐까. 그러나 이런 상황에서도 자신의 의지를 굽히지 않고 부조금을 받지 않은 사람들은 있을 것이었다. 영길은 이미 영호와도 부조금에 대해서 논의한 적이 있었다. 영길이 이런저런 생각을 내비쳤을 때 영호는 옛 방식을 고수하겠다고 자신의 의중을 단호히 드러내곤 했다. 영길은 자식들의 생각이 같아야만 장례에서 조의금 문제가 해결되고 결혼식에서도 사돈댁과 의견이 일치해야만 작은 결혼식이 가능하리라는 생각에 안타까운 마음을 가지고 있었다.

앰뷸런스가 고향의 톨게이트를 빠져나가 장례식장으로 향했다. 멀리 산들이 읍 시가지를 아늑하게 감싸고 나지막한 집들이 옹기종기 모여 있는 모습이 따뜻했다. 고향이었다. 서울에서 생활하다 고향 초입에 들어서면 산도 집들도 납작납작해서 내려올 때마다 생경했던 느낌을 지울 수 없었다. 아득히 보이는 산자락은 학창 시절 단골로 소풍 갔던 곳이고 읍내를 관통하는 강은 여름이면 미역을 감고 겨울이면 썰매를 지쳤던 곳이었다. 영길은 영호에게 전화를 했다. 형님 지금 톨게이트 빠졌어요.

금방 도착하겠습니다. 알았다. 준비하마. 영호는 전화를 끊고 어머니 맞을 준비를 했다. 차는 강둑길을 따라 달리다 장례식장으로 접어들었다. 앰뷸런스가 장례식장에 도착하자 영호와 영선이 마중을 나왔다. 영선은 앰뷸런스를 보자마자 애달프게 통곡하며 어머니를 뒤따랐다. 고명딸에 막내이니 더욱 감정이 격할 터였다. 어머니는 딸 하나 있는 것을 다행스럽게 여기시곤 했다. 내가 저것이라도 있어서 얼마나 위안이 되는지 모른다. 어머니는 영선을 볼 때마다 기뻐하셨었다. 영호는 어머니의 시신을 영안실로 옮기며 어머니 얼굴을 보고서는 나직이 한마디했다. 어머니! 똑같소. 살아 계신 것 같아요. 장례식장 관계자가 나와 간단한 절차를 마치고 영안실에 어머니를 안치하자 우리는 장례식장 안으로 들어섰다. 어머니의 영정 사진이 눈에 들어왔다. 영길은 안도의 한숨을 내쉬었다. 영정 사진이 깔끔했기 때문이었다. 어머니의 얼굴에 한복을 합성한 듯했지만 매우 자연스러웠다. 커트한 머리카락이 쭈뼛거리며 튀어나온 곳이 보이기도 했으나 어머니의 표정에서 단아함과 따뜻함, 아울러 위엄마저 느껴져 영길은 마음이 편안해졌다. 그간 영호에 대해 알 수 없는 불안감이 있었다. 그것은 어떤 일에 대한 결기 부족에서 비롯된 듯했는데 만족스러운 영정 사진을 대하니 영호에 대한 불안이 사라지고 신뢰감이 두터워지는 듯했다. 영호, 영길, 영선이 식탁을 마주하고 앉았다. 아직 장례 채비가 덜 된 상태라 분위기가 어수선했으나 영선이 간단히 요기부터 하자고 했다. 영호는 장례 절차 이야기를 하려다 영수와 영균이 도착하면 시작하자고 말을 아꼈다.

얼마나 지났을까. 영수와 영균이 장례식장으로 들어섰다. 그들은 어머니의 영정과 신위가 모셔져 있고 간단한 음식이 진설되어 있는 제단 쪽으로 시선을 두었지만 예는 표하지 않았다. 오랜만에 형제자매가 한자리에 모인 셈이었다. 두 달 전, 어머니가 뇌출혈로 쓰러져 응급실로 향했을 때 서울 병원에서 모이긴 했지만 두어 사람이 늦게 도착하여 엇갈린 탓에 모두가 함께 자리하지는 못했었다. 식탁에 앉자마자 서울의 어느 교회에서 목회를 하고 있는 영균이 입을 뗐다. 경직되어서인지 목소리가 제법 컸다. 큰형님, 이번 장례는 기독교식으로 치렀으

면 해요. 왜냐하면요. 어머니께서 살아생전에 교회를 다
니셨으니까요. 어머니를 위하는 일이 될 겁니다. 영길이
놀란 표정으로 영균의 입을 막고 나섰다. 형님, 뭐가 그
리 바쁘세요. 한숨 돌렸다 얘기해요. 영길은 상황이 심상
찮다 느끼며 이야기가 천천히 전개되기를 바랐다. 그러
나 영균은 생각이 달랐던 모양이었다. 한시가 급한 느낌
이었다. 영균의 말에 영호가 화들짝 놀랐으나 바로 대꾸
하지는 않았다. 잠시 뜸을 들이다 영호가 입을 열었다.
아야. 꼭 기독교식으로 해야겠냐? 나는 유교적인 전통
방식으로 했으면 한다. 지금 제단이 저렇게 차려졌다. 음
식도 진설되었고. 저 상태에서 너 하고 싶은 대로 해도
되잖으냐. 예배를 보든 찬송가를 부르든 네 마음대로 해
라. 영호는 다소 못마땅한 투로 몇 마디 뱉어냈다. 그러
자 영수가 거들었다. 아니, 형님. 어머니께서 살아생전에
교회를 다니셨으니까 어머니를 존중해서 기독교식으로
하자고 하는 거 아니겠습니까. 영균이가 까닭 없이 저런
얘기하겠어요?

　아마도 서울에서 내려오며 영수와 영균은 입을 맞춘

듯했다. 이번 어머니 장례는 기독교식으로 해야겠다 모의한 모양이었다. 영호는 그들의 말에 미동도 하지 않았다. 글쎄다. 어머니께서 교회를 다니셨다고 하는데 그렇다면 교회를 다니시기 전에 어머니께서는 오랫동안 절에 다니셨다. 그것은 그러면 어떻게 할 거냐. 영균이 맞받아쳤다. 그건 모르겠고요. 하여튼 요양원에 들어가시기 전까지 교회를 다니셨으니까. 또 권사까지 하셨다는 것을 알고 있어요. 그러니 기독교식으로 장례식을 진행했으면 해요. 영균의 말을 듣다 말고 영길이 나섰다. 영길은 주말이면 어머니를 뵈러 요양원에 매주 갔었기에 어머니의 마지막 삶을 잘 알고 있었다. 게다가 그 요양원은 사찰에서 운영하고 있었다. 어머니께서는 매주 일요일 오전에 요양원 법당에 가서서 염송하셨다는 것을 잘 알고 있으므로 할 수 있는 얘기였다. 어머니께서는 요양원 옥상에 있는 법당에 다니셨어요. 뇌출혈로 쓰러지시기 전까지는요. 그러자 영균이 갑자기 언성을 높였다. 야이 자식아. 어머니께서 권사까지 하셨잖아. 그러니까 어머니를 하나님 영전에 모셔야 할 것 아니냐. 영길도 지지 않고 맞받았다. 아니 형님. 어머니께서 돌아가시기 전까지 요양원에 있는 법당에 일요일마다 올라가셔서 기도를 올리셨다니까요. 부처님을 뵈었다고요. 어머니가 교회 조금 다니신 기간과 우리 키우실 때 신흥 절에 다니신 기간을 따져보면 절에 다니시는 기간이 훨씬 길어요. 아, 그리고 말이 났으니 말인데요. 교회에서 목회를 보시는 분이, 또 어머니를 기독교식으로 모셔야 한다는 분이 지난 일 년 동안 어머니 뵈러 딱 한 번 오고 말아요? 불똥이 애먼 데로 튀었다. 본시 말이란 것이 감정이 실리면 걷잡을 수 없게 마련이다. 아니, 영길이 전부터 영균에게 따지고 싶은 사안인지도 몰랐다. 언성이 높아지고 감정이 격해진 것으로 보자면 심각한 상황임에 틀림없었다.

영선이 울먹이는 소리로 끼어들었다. 오빠들. 엄마 영정 앞이에요. 좀 진정하시고 작은 소리로 해요. 그리고 고향이잖아요. 그러나 영선의 말 따위는 아무짝에도 소용없는 상황에 직면하고 있었다. 영길이 한 마디 덧붙였다. 형님 계신 곳에서 한 시간만 움직이면 어머니를 뵐 수 있는데 그 거리가 그렇게도 멀던가요? 지난 일 년 동안에 한 번 오고 말았잖아요. 어머니도 뵈러 오지 않은 분이 어머니 돌아가시고 나니까 기독교식이니 뭐니 해요. 어머니 뵈러 오지 않고 뭐하셨어요? 영균이 눈을 부라리며 언성을 높였다. 이 자식 봐라. 형한테 대드냐? 가당찮다는 투로 영균은 눈을 치떴다. 그래. 기도했다. 어머니의 안녕을 위해 매일 기도했단 말이다. 영길은 입을 꾹 다물고 말았고 그 광경을 지켜보던 영호는 헛웃음을 쳤다. 물론 영호나 영수는 영균이 지난 한 해 어머니를 뵈러 온 것이 딱 한번 뿐이라는 사실을 알 턱이 없다. 영길이 어머니를 매주 일요일 뵈러 갔을 때 어머니로부터 들은 이야기이기 때문이다. 어머니는 영길을 볼 때마다 물었다. 영균이가 안 온다. 뭔 일이 있다냐. 뭣이 어려워서 에미를 보러 안 온다냐. 구십 사세가 되셨어도 고혈압 당뇨 고지혈 등 고질병이 없으셨던 어머니는 기억력이 남다르셨다. 치매 기운도 거의 없으셔서 시시콜콜 모든 것을 기억하셨다. 하물며 매주 어머니를 보러 갔던 영길이 공무로 출장을 가게 되어서 한 번쯤 거를라치면 그다음 주에는 어김없이 짚어 내셨다. 지난주에 뭔 일이 있어 안 왔냐? 네 어머니. 제가 말씀드렸잖아요. 구청에서 출장을 가서 어머니 뵈러 오지 못한다고요. 기다리셨어요?

영길은 어머니를 이해시키려 애쓰곤 했었다. 한번은 이런 일도 있었다. 옆자리 할머니와 자식 자랑 싸움이 있었나 보았다. 그 할머니가 당신 자식이 국군 대장도 있고 병원 의사도 있다고 자랑하자 어머니는 농협조합장, 교수, 목사까지 자랑스럽게 얘기하시다가 넷째가 구청 과장이라는 말씀을 하시려니 주눅이 드셨던 모양이었다. 어느 일요일 점심을 들고 간 영길을 보더니 난데없이 쏘아붙이셨다. 너는 만년 과장이냐? 구청장이나 시장도 못 되고. 어머니는 그렇게 자식 욕심도 많으셨고 자식의 출세에도 관심이 많으셨다.

영길의 말을 영호가 거들었다. 아야. 목사인 네가 그렇게 기도했으면 어머니께서 건강하셨어야지. 갑자기 뇌출혈로 쓰러지신다냐. 기도가 부족했던 모양이다. 영호의 말투에 약간의 비아냥거림이 섞여 있었다. 영균이 숨을 거칠게 쉬자 영수가 거들고 나섰다. 형님, 어찌 말씀을 그렇게 하신답니까. 영균이가 어머니를 힘들게 하려고 했겠어요? 말 같잖은 소리를 하고 그러세요. 뭐야? 말 같잖은 소리? 영호가 벌컥 화를 내며 눈을 부라렸다. 이미 어머니의 장례 절차는 뒷전이었다. 말꼬리를 물고 감정싸움은 깊어지고 있었다. 어머니가 제단에서 우리를 내려 보고 끌끌 혀를 차시는 듯했다.

영길은 마음을 다잡고 담담히 이야기해야 했다. 어찌되었건 15년 동안 가까이서 어머니를 모신 사람으로서 그래도 어머니를 가장 잘 알고 있다 믿었다. 영균이 재차 장례를 기독교식으로 진행해야 한다며 자신의 생각을 피력했다. 제가 목삽니다. 우리 지역장, 구역장님도 오시고 당회장님도 오신답니다. 목사인 제가 있는데 어머니 장례식을 기독교식으로 진행하지 않고 있으면 제 체면이 뭐가 되겠습니까. 영균의 주장에 영호가 바로 맞받아쳤다. 아야. 네가 그렇게 이야기하면 나는 할 얘기가 더 많아진다. 나는 이 고향에 뿌리 박고 사는 사람이다. 내가 언제 교회에 발을 들여 봤던 사람이더냐. 그런데 나를 아는 사람들이 이 장례식장에 와서 기독교식으로 제단이 마련돼 있는 것을 보면 나를 어떻게 보겠냐? 너는 큰형 입장을 한 번이라도 생각해 봤냐? 농협조합장을 했고 향교에서도 중책을 맡고 있는 영호의 입장에서는 할 말이 수두룩했다. 영호의 말에 영균은 함구했으나 영호의 입장을 헤아릴 마음은 전혀 없었다. 이미 서울에서 영수와 내려오면서 모의한 기독교식 장례를 포기할 의사가 없는 그들의 마음속에서는 영호에 대한 존중 따위는 아예 사라지고 없는지도 몰랐다. 왜냐하면 영호가 장남으로서 어머니를 모시지도 않았을뿐더러 형제들을 보살피지도 않아 왔다 판단하고 있기 때문이었다.

영호는 자신의 말을 계속 이었다. 생각해 봐라. 여기에서 장례를 치르면 누가 오겠냐? 당연히 나를 아는 사람들이 많이 올 것 아니냐. 나는 유교식 장례 절차로 진행하고자 한다. 영수가 영호의 말을 자르고 나섰다. 형님 말씀은 잘 알겠는데요. 영균이가 저렇게 얘기하잖아요. 우리 가족 중에 신자 말고 목사나 신부 같은 성직자가 영균이밖에 더 있습니까. 그래서 말씀인데요. 영균이 말을 따라주는 것도 나쁘지 않다고 봅니다. 영수의 말에 다소의 설득력은 있었다. 그러나 그것은 기독교에 대해 호감을 느끼고 있는 경우에 한한 이야기였다. 영호는 기독교에 대한 불신이 깊었다. 게다가 그간 영균이 어머니나 형제들에게 해왔던 행동은 그리 우호적이지 않았다. 그것

을 알고 있는 영호가 영수와 영균의 요청을 순순히 들어
줄 리 만무했다. 아야, 그렇게 얘기하자면 나는 향교에서
중책을 맡고 있다. 그러니까 향교 사람들이 조문을 오겠
지. 그럴 때 기독교식으로 장례를 진행하고 있는 꼴을 보
면 내 체면이 뭐가 되겠냐. 너는 네 입장만 생각하냐. 다
른 형제들 생각은 안 하고. 영수와 영균은 영호의 말을
듣고서도 자신들의 주장을 굽히지 않았다. 형님, 아까 말
씀드렸잖습니까. 형님은 향교 일에 참여하는 일원일 뿐
이지 전교는 아니잖아요. 영균이는 성직자라고요. 영수
가 영균을 대변하고 나섰다. 그러니 영균의 말대로 해주
자고요. 그리고 아까 영균이가 말하데요. 어머니께서 교
회를 오래 다니셨고 권사까지 되셨었다고요. 또 서울에
서 이곳까지 당회장이니 하는 사람들이 온다잖아요. 그
러니까 영균이 하자는 대로 하자고요. 영수의 말을 영호
가 가로막고 나섰다. 아까도 말했잖냐. 같은 말 반복한다
만 나는 조부님 제사를 모시고 있고 향교 일도 하고 있고
농협 조합장도 했었고 평생을 고향에서 살았다. 그러고
말인데 어머니께서 교회를 다니신 것은 영균이 네가 어
머니한테 그랬다면서. 어머니가 교회를 다녀주시면 목

사인 저한테 득이 된다고. 생각해 봐라. 자식 생각지 않은 부모가 어디 있다더냐. 자식이 요청하는데 안 하실 분이 있냐고. 그런 식이라면 어머니께서 신흥 절에 부처님 방석을 해드린 것을 생각하면 너희 입에서 그런 소리가 나오냐? 신흥 절에 어머니가 자식들의 무사태평과 안녕을 기원하며 그 먼 길을 마다치 않으시고 수십 년을 다니셨다. 영호도 자신의 입장을 완강히 고수했다.

영균이 격앙된 표정으로 언성을 높였다. 아니, 형님. 물론 형님 입장도 있겠지만 어머니께서 말년에 교회를 다니셨고 권사까지 하셨다니까요. 그래서 기독교식으로 하면 하느님께 구원받고 얼마나 좋습니까. 아야. 그런 말 하지 마라. 그래. 교회를 다니지 않으셨다는 것은 아니다. 그러나 돌아가시기 전 몇 년은 또 절에서 운영하는 요양원에 계시면서 부처님 앞에 기도하셨다. 그래도 기독교식으로 해야겠냐? 영호는 어머니가 마지막으로 계셨던 요양원의 법당에서 어머니를 뵈었던 것을 떠올리며 쐐기를 박았다. 이때, 영수가 벌떡 일어나서는 제단 앞으로 성큼성큼 걸어갔다. 뭔가 불안한 기운이 확 스쳤다. 아니나 다를까. 영수는 어머니 영정과 신위 앞에 진설된 제찬을 두 손으로 쓸어버렸다. 우당탕탕. 제기들이 바닥에 떨어지는 소리가 요란했다. 여태껏 장례식장 구석에서 우리의 얘기에 끼어들지 못하고 눈치만 보고 있던 부인들이 재빠르게 제기를 치우고 흩어진 음식물을 주워 담았다. 이딴 것이 뭐가 그리 중요해요? 그냥 깔끔한 게 좋잖아요. 깔끔하게 영정만 놓고 장례를 치르자고요. 영호가 눈이 휘둥그레져서는 눈을 치뜨고 있다가 한참 만에야 입을 열었다. 허어. 뭐 하는 짓이냐. 지금 너희들 하는 짓이 꼭 시정잡배들 같구나. 내 눈에 흙이 들어와도 그렇게는 못한다. 그렇게는 못해. 영호는 장례식장을 박차고 나가 버렸다. 영길이 영호를 따라나섰다.

5월의 밤은 아늑하면서 찬란했다. 장례식장 근처 보리밭에서 보리 익어가는 풋풋한 내음이 코를 찔렀다. 인근의 강에서 강바람이 훈훈한 기운을 몰고 건너왔다. 영길이 영호를 따라나서면서 말을 이었다. 뭐 하자는 건지 모르겠어요. 아니, 가족의 화목과 형제간 우애보다 종교가 더 우선인가요? 그리고 큰형님을 무시해도 유분수지. 영

길은 분을 삭이지 못하는 영호를 장례식장 마당의 벤치
에 억지로 앉히고 말을 이었다. 큰형님, 상황을 찬찬히
생각해 보면 좋겠어요. 우리라도 이성을 잃지 않아야겠
다고요. 영길은 영호의 마음을 진정시키고 있었다. 영호
는 함구했다. 이때 영길의 아내가 종이컵에 커피를 타서
두 손에 들고 뒤따라 나왔다. 잠시 정적이 흘렀다. 시숙
님. 제가 드릴 말씀으로 적당할지는 모르겠는데요. 하도
정신들이 없으신 것 같아 한 말씀 드리고 싶어요. 다들
감정이 악화되어서 지금 상황을 정리하지 못하고 계신
듯한데요. 시숙님. 저희는 서울에 살고 있어요. 모레 장
례 끝나고 이곳을 떠나 버리면 끝이고요. 그렇지만 시숙
님께서는 이곳에서 계속 사셔야 하잖아요. 이렇게 시끄
럽게 장례를 진행하고 나면 뒷말이 날 텐데 그것들이 모
두 시숙님한테 영향을 미칠지도 몰라요. 그러니까 한 발
뒤로 물러 서주시면 어떨까요? 저도 전통 방식으로 가족
들이 편안하게 화목한 장례를 치렀으면 좋겠지만 둘째
시숙님과 셋째 시숙님이 저렇게 완강하게 주장하시니까
그렇게 해드리면 어떨까 싶거든요. 영길의 아내는 영호
에게 조심스레 입을 뗐다. 영호는 제수씨가 어머니를 모

서왔다는 것만으로도 미안해했고 고맙게 생각하고 있던 터라 그녀의 말은 대체로 수용하는 편이었다. 사실, 지금 상황에서는 그것이 최선일는지도 모르겠다고 영호도 생각하는 중이었다. 영길 또한 이러쿵저러쿵 여러 말을 하기는 했지만 진즉 그렇게 생각하고 있었는지도 몰랐다. 저들은 결코 자신들의 생각을 굽힐 생각이 없을 것이기에 더욱 그랬다. 차려 놓은 제기와 제찬을 쓸어버리는 무례함을 보여준 것으로 보아 원만한 장례를 위해서는 영호가 고집을 꺾어야만 했다. 좀 더 생각해 보마. 내일 아침에 맑은 정신으로 판단하자. 영호는 영길 부부의 얘기를 듣다 말고는 장례식장을 총총히 빠져나가고 있었다.

영길은 장례식장 안으로 들어섰다. 영정만이 덩그러니 놓인 제단 앞에 모두 묵묵히 앉아 있을 뿐이었다. 일단 모든 일이 멈춰선 듯했다. 조금 전의 상황으로 보면 누구도 섣불리 입을 열고 나설 상황은 아니었다. 영길은 장례식장의 내실로 들어와 몸을 뉘었다. 이 상황에서 누구와 얘기를 나누거나 장례에 대해 상의할 기분이 아니었다. 얼마나 그렇게 누워 있었을까. 영수가 내실로 들어

왔다. 영길아. 얘기 좀 하자. 영길은 마뜩잖았으나 부스스 몸을 일으켰다. 네 형님. 영수가 말을 이었다. 아이, 영균이가 그래도 우리 집에 하나 있는 성직자 아니냐. 그러니까 그 대우를 해주자는 이야기다. 그것이 무에 그렇게 어렵단 말이냐. 같은 얘기를 반복하며 영수는 영호 대신 영길을 붙잡고 하소연했다. 영수가 그렇게 주장하는 이유를 영길은 도대체 이해하기 어려웠다. 이미 상황은 끝난 상태나 다름없었다. 조금 전 영수의 극단적인 행동으로 모든 것은 일단락되었다고 생각하고 있었다. 영수는 자신의 행동을 잊은 듯 자연스럽게 말하고 있었다. 영수의 행동을 생각하면 영길은 그가 대학교수였다는 사실이 부끄러웠다. 형님, 지금 뭐 하자는 건가요? 어머니 영정 앞에서 이렇게 자식들이 싸움질이나 하고. 영길이 볼멘소리를 내던졌으나 자신 또한 어머니 앞에 부끄럽기 짝이 없는 행동을 저질렀던 터라 무안하기 그지없었다. 그랬음에도 하고 싶은 말은 하고 싶었다. 어머니께서 자식들이 이러는 꼴을 보고 좋아하시겠어요? 행복해 하시겠냐고요. 영길이 행복을 언급하자 영수가 되받았다. 너 지금 행복이라고 했냐? 그러고서 다시 언성을 높였

다. 어머니께서 언제 행복하신 적이 있었냐? 아버지 딴
살림 차려 나가, 자식들 대학 학비 마련해, 쉬는 날 없이
농사지어, 하루도 행복하셨던 적이 있었더란 말이야. 영
길은 정신이 번쩍 들었다. 영수가 어머니께서 전혀 행복
하지 않으셨다고 판단한다는 말에 기분이 묘해졌다. 영
수는 영길의 기분 같은 건 아랑곳하지 않은 채 한술 더
떴다. 솔직히 말해 너희랑 함께 사시면서도 행복하기만
하셨겠냐? 영길은 끝내 듣지 말았어야 할 말을 듣고 말
았다. 둔기로 뒤통수를 얻어맞은 기분이었다. 영길은 멍
했다. 그래, 그간 어머니 모시느라 수고했다. 제수씨한테
도 고맙고. 이런 말을 들어도 부족할 판에 자신과 살면서
도 어머니께서 행복하지 않으셨으리라 판단하는 영수의
말을 듣고 보니 영길은 갑자기 가슴 한쪽이 뻥 뚫린 듯
허허로웠다. 장례식장 내실을 빠져나와 아내를 불러내
밖으로 나섰다. 밤은 깊어 칠흑 같은 하늘에 별들이 총총
히 떠 있었다. 자정이 넘은 고향의 밤은 서울보다 적막했
다. 영길은 아내의 손을 잡고 묵묵히 논둑길을 걸었다.
말이 필요 없는 밤이었다. 별똥별이 산 너머로 휘웅 지고
있었다.

e―사랑의 기억

기억

이재홍

e-사랑의 기억

이 재 홍

일 년 내내 허리에 구름 띠를 휘두르고 있는 성화산. 태곳적에 산이 불을 뿜어낸 이후, 산 정상 분화구에서는 붉은 용암이 쉼 없이 하늘로 솟구치고 있다. 성화산 남쪽으로 흐르고 있는 모코강 주변에는 두 부족이 살고 있다. 강의 동쪽 신신마을에는 쇠머리 부족이, 강의 서쪽 먹골마을에는 붉은눈부족이 둥지를 틀고 있다. 두 부족은 강변의 기름진 땅을 차지하고 있다. 그들은 성화산 주변의 어떤 부족들보다 윤택하게 살아왔음에도 불구하고, 지역 주도권을 두고 끊임없이 싸우며 살고 있다. 어느 순간부터인가 두 부족이 마력을 다루는 기술을 획득하게 되면서부터, 누가 성능 좋은 마력을 개발하느냐에 따라 지역 경제 패권의 향방은 결정되었다. 마력이란 사람들의 능력이 미치지 못하는 오묘한 일들을 행하는 힘이기 때문에, 마력이 균형을 이룰 때에만 평화는 지켜지는 법이다. 긴 시간 동안 두 마을은 서로 비등비등한 마력의 힘으로 앞서거니 뒤서거니 하며 긴장된 평화를 구축해 왔다. 그러나 최근에는 무기의 공격력강화 마력을 개발한 붉은 눈부족으로 힘이 쏠리게 된 후, 지역 주도권을 상실한 쇠머리 부족은 가까운 곳에서 날짐승 사냥하기가 어려워졌고, 광물이나 나물을 구하기 위해서는 먼 곳으로 원정을 떠나야 하는 불편한 생활을 하고 있다.

마을 원로들이 나에게 심부름을 내린 날은 새로운 기운이 발동하는 3월 초하룻날 아침이었다. 심부름의 내용은 강촌마을 촌장에게 편지를 전해주고 마법재료를 가져오는 일이었다. 마을을 지키는 수호용사인 내가 원로들의 심부름꾼으로 뽑힌다는 것은 매우 영광스러운 일이다. 용사에게 맡겨지는 심부름들은 대개 마을의 명운이 걸린 중요한 일이기 때문이다.

강촌마을은 제법 큰 산을 두 개나 넘어야 되는 다소 험한 곳에 위치해 있다. 언제나 그랬듯이 나는 길을 단축하기 위해 붉은귀부족이 사는 먹골마을 외곽길을 활용하였다. 먹골마을을 휘돌아 소나무가 무성한 숲길로 들어설 무렵이었다. 숲길 건너편에서 엘프족 여성이 한 무리의 들개들로부터 공격을 받고 있었다. 나는 여인을 도와야 한다는 생각으로 발길을 재촉하였다.

모코강 상류 쪽에 사는 엘프족은 우리 쇠머리부족과 우호관계를 맺고 있다. 그렇기 때문에 엘프족들은 조개나 이끼류를 채집하기 위해 신신마을 강변에 자주 나타났다. 하얀 드레스에 보라색 허리끈을 두른 이 여성. 최근에 자주 만난 여성이라는 사실을 직감할 수 있었다. 대부분의 엘프 여성들은 타 부족들을 피해 다니는 경향이 있었지만, 이 엘프 여성은 내 주변을 거리낌 없이 자주 스쳐 지나가곤 하였다. 매우 야무진 엘프라는 생각을 했었다. 그녀의 하얀 드레스가 유난히 눈부셨던 것도 내 뇌리에 강한 기억을 남기고 있었다.

들개들과 싸우고 있는 엘프녀의 생명력과 마법력을 계산하기 위해 내 관통능력을 작동시켜 보았다. 들개들의 끈질긴 공격으로 인하여 그녀의 방어력이 점차 소멸되어 가고 있었다. 내가 도움을 주지 않으면 그녀는 죽을 수밖에 없는 절대 위기에 봉착해 있었다. 나는 신속하게 그녀와 들개들 사이로 끼어들었다. 여린 그녀의 팔을 덥

석 잡았다. 그리고 그녀의 신경줄을 통해 내 힘을 나눠 주었다. 낯선 여성의 손을 잡는다는 것이 큰 실례라는 것쯤은 알면서도 응급구호를 위해서는 어쩔 수가 없었다. 나는 재빠르게 검을 빼들고 들개들의 공격을 막아섰다. 시뻘건 눈을 번뜩이는 들개들 모습에서 이미 붉은눈부족 언데드들의 악령에 지배당하고 있음을 간파할 수 있었다. 다섯마리의 들개들이 한꺼번에 나를 향해 돌진해 왔다. 엘프녀가 들개들의 힘을 빼 놓은 덕분에 쉽사리 한 마리 한 마리 쓰러트려 나갈 수가 있었지만, 마지막 보스급 들개가 좀 버겁다는 생각이 들었다. 바로 그때였다. 뒤에서 '힘내세요!'라는 엘프의 목소리가 들려왔다. 봄날의 햇살처럼 따뜻하고, 비파의 낮은 선율처럼 곱고 여린 목소리였다. 그녀의 목소리는 그렇게 감미로운 음악이 되어 내 실핏줄로 타고 흘러들어왔다. 조금 전에 그녀에게 나누어주었던 힘이 다시 되돌아오고 있음을 감지할 수 있었다. 움직이는 내 관절 마디마디에 마력의 힘이 퍼지고 있음을 느꼈다. 그녀의 마력 덕분에 들개들을 완벽하게 물리칠 수 있었다. 전리품으로 들개의 가죽을 벗기는 일까지 마무리 하였다.

나는 땀을 닦으며 엘프 쪽으로 뒤돌아섰다. 하얀 드레스의 엘프 여인이 바로 내 눈 앞에 서 있음에도 불구하고, 자꾸 내 동공에서는 하얀 백합이 피어 있는 착시현상이 일어나고 있었다. 그윽한 백합향기를 코끝에 전해주던 바람결이 그녀의 얼굴을 가리고 있던 푸른 두건을 열어젖혔다. 두건으로부터 탈출한 그녀의 뽀얀 피부가 내 시신경을 파고들었다. '아름답다'라는 단어가 내 가슴 속에서 애드벌룬처럼 떠올랐다. 그녀는 무장 해제된 내 감정을 이미 간파하고 있다는 듯이 잔잔한 미소를 던지고 있었다. 나는 계면쩍음에 얼굴을 붉히고 말았다.

순간, 엘프녀의 얼굴 위로 낯익은 얼굴이 덧씌워지고 있었다. 신혜의 얼굴이었다. 이를 악물며, 모질게 내 가슴 속에서 파내고 있던 현실세계의 신혜 모습이 가상세계 엘프를 통해 생생하게 부상하고 있었다. 젠장. 가상세계에서까지도 신혜를 생각하고 있다니... 보고 싶은 마음은 어쩔 수 없는 일인가... 그래도 잊어야 한다고 또 다시 나는 이를 악물었다.

속히 신혜의 생각을 떨구기 위해 엘프녀에게 오른손을 번쩍 들어 흔들었다. 그녀도 손을 올려 나에게 답을 해주었다. 코도 뾰족, 눈도 뾰족, 귀도 뾰족한 엘프족 얼굴에서 풋사과향이 풍겨왔다. 신이 인간에게 미처 주지 못한 아름다움을 엘프에게 주었다는 사실을 느끼는 순간이었다. 그녀는 자신의 이름을 '찌아'라고 했다. 긴장이 풀어지고 평화로움을 느끼는 짧은 순간에야 비로소, 나는 강촌마을로 가야 된다는 사실을 상기하고 있었다. 그녀와 다음을 기약하며 되돌아섰다.

찌아로부터 정확히 두 발을 떼었을 순간이었을까? 또다시 한 무리의 들개들이 나타났다. 이번에는 얼굴이 온통 일그러진 언데드 사내도 함께였다. 마치 구더기라도 쏟아질 것만 같은 얼굴. 붉은색 기운이 도는 눈두덩이로 보아 붉은눈부족 언데드임에 분명하였다. 찌아와 나를 번갈아 보던 언데드의 눈에서는 검은 광채가 이글거렸다. 거친 짐승의 숨소리를 몰아쉬던 언데드는 빠른 속도로 칼을 거머쥐었다. 칼에서 분사되는 검붉은 마력의 기운은 속을 매스껍게 만들고 있었다. 순간, 절대 위기를 감지하였다. 나도 허리춤의 검을 꺼내 들었다. 아뿔싸, 언데드의 칼에서 번지고 있는 회오리 마력은 내 검의 움직임을 마비시키고 있었다. 상대는 그 틈을 놓치지 않고 전광석화 같은 속도로 찌아의 심장에 칼을 내리 꽂았다. 언데드는 마력을 봉쇄하기 위해 힐러를 먼저 제거하는 전술을 터득하고 있었다. 내 방어본능이 발동되어 칼을 휘두르고 있었지만, 언데드가 지닌 검의 마력에 짓눌린 나의 검은 무기력하기 짝이 없었다. 결국, 그의 칼은 내 심장으로도 돌진해 왔다. 내 가슴을 헤집고 들어오는 칼날에서 울려 퍼지는 총체적 살생의 음파, 샤아캉... 이 느낌은 무엇이란 말인가? 지금까지 많은 칼을 맞아 보았지만, 이렇게 완벽한 칼의 삽입은 처음이었다. 인간의 힘이 아닌 마력으로 단련된 정교한 검술이었다. 바람, 물, 불이 뒤섞인 검붉은 마력의 기운이 감도는 예리한 칼날, 먹이를 향해 돌진하는 매의 절규같은 소리. 샤아캉... 드릴이 헤집듯 살점들을 짓이기는 도륙성능으로 미루어 볼 때, 언데드가 지닌 칼은 가상세계에서 최고의 검으로 불리는 천일검임에 분명했다. 천일검. 하늘의 황제인 천제께서 내린다는 천하제일검. 최근에 성화산 주변 부족들의 풍문에 의하면, 어디로부터인가 갑자기 나타난 언데드가 엄청난 부를 배경으로 천일검을 입수하였다더니, 그자가 바로 이자란 말인가?

결국, 나는 또 죽고 말았다. 피를 뚝뚝 흘리는 장검을 어깨에 걸친 언데드. 두 주검 앞에서 먹이를 취한 늑대의 포효를 던지는 언데드. 무참하게 두 생명을 유린한 언데드는 유유히 사라져갔다. 내 자신이 죽었다는 비극적 사실은 뒷전에 둔 채, 내 관심은 오로지 언데드 어깨에 걸린 천일검에 쏠려 있었다. 가상세계의 안녕과 평화를 위해 쓰여야 되는 정의의 검, 천일검이 들녘에서 의미 없는 살상도구로 전락되고 있다는 자체가 충격적이었다. 주군을 잘 못 만난 천일검이 애처롭게 느껴졌다.

보통, 붉은눈부족이 우리 쇠머리부족을 공격할 때에는 몸을 뒤져 전리품을 가져가는 것이 일반적이었다. 그러나 내 품 속에 들어 있는 원로들의 편지가 그대로 있다는 사실을 확인하며 안도의 한 숨을 쉬었다. 그러면서도 언데드가 내 몸을 건드리지 않고 홀연히 떠나갔다는 사실이 기이하기만 했다. 그렇다면 그의 목적은 단지 엘프 찌아와 나를 살상하는 일이었단 말인가? 어찌되었든 간에 내가 또다시 혼령신세가 되었다는 사실이 기가 막혔다. 가상 세계에서 살아가는 생명체들은 이처럼 죽음과 환생을 반복하며 무한 생명을 지니고 있다. 육체를

빠져나온 혼령은 부활사의 기도 의식으로 다시 환생할
수 있다.

"잘 죽었다. 그래 잘 죽었어..."

입안에 고인 매스꺼운 침을 길섶에 뱉어내버리듯, 그
렇게 무심코 내 입에서 쏟아져 나온 말이다. 내가 쏟아내
놓고도 담지 못하는 섬뜩한 넋두리. 분명, 나를 힘들게
하는 현실세계에 대한 분노의 발산이었을지도 모르겠
다. 회색빛 투명체의 혼령은 이제 낯설지가 않다. 땅 위
에 널브러진 내 육체에도 아무런 연민이 없다. 곁에서 잠
자는 듯이 웅크리고 죽어 있는 찌아도 무덤덤하게 바라
볼 뿐이다. 이러한 비극적인 상황 연출을 누구의 탓으로
돌릴 수 있겠는가. 내 전투 능력이 적보다 약하기 때문에
당한 패배인걸. 마을에서는 싸움을 잘 한다고 칭송받던
내가 검을 제대로 활용도 못했다는 사실이 치욕스러울
뿐이다. 그러면서도 천일검이 주군을 잘 못 만난 것에 대
한 흥분이 내내 가슴 깊숙한 곳에서 똬리를 틀고 있었다.

한낱 언데드 따위가 품을 수 있는 천일검이라면 내 품
에도 품어볼 수 있는 검이라는 사실을 곱씹었다. 허접스
럽게 돈으로 획득할 수 있는 천일검이라면, 나는 빈손으

로 천일검을 획득해 보이겠노라고 두 주먹을 불끈 쥐었다. 그렇다면, 어떻게든 성화산 용암 속에 봉인되어 있다는 용호검을 획득해야 된다. 열 마리 용의 송곳니와 열 마리 백호랑이의 송곳니를 뉴티탄 쇳물 속에 녹여 만들었다는 용호검이라면, 천일검과 대적할 수 있는 능력이 충분하기 때문이다. 그러나 문제는 그 어느 누구도 용호검을 손에 넣지 못했다는 사실이다. 용호검은 물질로 흥정하여 획득될 수 있는 검이 아니고, 숱한 미션을 해결해야 획득되는 노력의 산물이기 때문이다.

언데드가 사라지는 쪽을 바라보던 회색빛 찌아 혼령은 손으로 얼굴을 감싼 채로 흐느꼈다. 나를 향해 미안하다는 말만 반복하였다. 분명히 사연이 있을 것이라는 생각은 들었지만, 심부름을 수행해야 하는 나에게는 시간적인 여유가 없었다. 악귀들이 우글거리는 밤이 되기 전에 임무를 마무리해야 되기 때문이었다. 나는 서둘러 찌아를 이끌고 동네 어귀에 있는 부활사에게 뛰어갔다. 부활사의 주문과 함께 하늘에서 떨어진 구름 한 덩이 속에서 내 일상적인 육신은 원 모습으로 부활되었다. 이번 죽음으로 인해 이마에 주름이 하나 더 생겼다. 마을원로회에서는 용사들의 주름을 명예로운 흔적이라 칭송하고 있지만, 나는 죽음의 흔적이 쌓이는 것을 달갑게 생각하지 않았다.

환생한 후, 찌아는 나와 동행하며 심부름을 돕겠다고 제안해 왔다. 찌아와 친밀 관계가 형성된 이상, 나도 언데드들의 저주 대상이 되어버렸기 때문이라는 것이다. 언데드의 저주에 걸리게 되면 당분간 들개와 언데드들로부터 뜬금없이 괴롭힘을 당하게 된다는 것이다. 나는 그녀의 제안을 못 이기는 척하며, 바로 승낙해버렸다. 일반적으로 전쟁에 임하게 되면, 나는 아군의 선봉에 서서 적을 섬멸해 나가는 탱커 역할을 수행하고, 찌아는 아군의 체력을 보강하거나 회복시켜주는 힐러 역할을 수행하기 때문에, 전장에서의 두 사람은 환상적인 커플이 아닐 수 없다. 어찌되었든 간에, 힐러의 지원을 받는 튼튼한 전사가 될 수 있겠다는 생각이 들었다. 게다가 아름다운 엘프 여성과 함께 동행한다는 사실은 썩 괜찮은 여정이라고 생각하였다. 한동안 옆구리가 허전했던 현실세계의 신혜에 대한 공백 때문일까? 길을 재촉하면서도 찌아의 경계는 지속되었다. 언데드와 들개들이 끊임없이 우리 주변을 맴돌고 있었기 때문이다.

"저 언데드가 찌아씨를 표적으로 삼는 이유가 뭐지요?"

"저 사람은 참으로 집요한 사람입니다."

갈길을 재촉하는 가운데, 찌아의 말이 도란도란 이어졌다. 언데드 사내는 현실세계에서 찌아를 많이 괴롭혔다고 한다. 그래서 찌아는 절교선언을 하였고, 그를 피하기 위해 가상세계로 도피하였다고 한다. 그러나 그는 그녀의 가상세계 출입 정보를 입수한 후, 언데드로 그녀의 곁에 나타났으며, 찌아 주변에 있는 남성들은 무조건 증오의 대상으로 삼고 있다는 것이다.

"저 사람은 내가 가상세계에서 나가면, 현실세계의 자기에게 돌아오리라는 생각을 하고 있는가봐요... 흥, 천만의 말씀입니다."

앙숙관계인 붉은눈부족과 쇠머리부족은 엘프족 여성들을 사이에 두고 항상 으르렁거렸다. 그러한 탓인지, 붉은눈부족은 쇠머리부족이나 엘프족을 만나면 희롱하거나 괴롭히는 것이 습관화되어 있다. 그러한 측면에서 생각해 보면, 그 사내가 찌아를 괴롭히기 위해 작정하고 들어 온 느낌이 들었다. 언데드의 호전적인 종족특성으로 미루어볼 때, 찌아를 집요하게 쫓아다니며 괴롭힐 수 있는 스토커역할로 언데드가 제격이기 때문이다. 한 여성을 스토킹하기 위해 거액을 들여 천일검을 구입한 것을 보면, 현실세계에서 돈 푼깨나 만지는 족속일 것이라는 생각이 들었다.

현실세계의 부유한 사람들은 휴식을 취하기 위하여 풍광이 좋은 콘도에서 윈드서핑을 한다거나, 유럽산 승용차를 타고 드라이브를 떠난다지만, 나는 휴식을 취하기 위해 곧잘 컴퓨터 속 가상세계로 떠나오고는 한다. 현실세계와 차단된 가상세계야 말로 나에게는 마음의 평온을 얻을 수 있는 환상적인 휴식처라고 생각했기 때문이다. 아니, 내가 한때 죽도록 사랑했던 신혜를 잊기 위해 몸부림치며, 현실을 도피하고자 가상세계로 뛰어들었다는 것이 솔직한 표현일지도 모르겠다.

피폐한 마음을 정화시키며 조금씩 조금씩 성장해 온 가상세계의 쪼렙시절은 현실세계의 내 어설펐던 유년기와 다를 바가 없다. 내가 뛰어놀던 현실세계의 들과 산이 가끔은 향수로 다가오듯이, 가상세계의 푸른 들판, 연초록빛 산, 잔잔히 흐르는 강, 밤하늘의 별과 반딧불 사이로 울려 퍼지는 동물들의 으르렁거리는 배경음들까지도 이젠 향수로 다가오고 있다. 때로는 가상세계의 자연을 거닐며 현실세계의 다양한 문제들을 생각하기도 하고, 가로등불 가물거리는 항구 벤치에 앉아 달빛과 뱃고동 소리를 벗 삼으며, 시름을 달래는 버릇도 생겼다. 이러한 반면에 가상세계에서는 익명성을 이용하여 일탈하는 사람들도 적지 않은 편이다.

"가상세계의 익명성은 사람을 포악해지게 만들더군요. 그건 분명히 본성이 그렇기 때문이겠지요? 현실세계 내 앞에서는 그런 난폭한 발톱들을 숨기고 있었다고 생각하니 너무 가증스럽기 짝이 없더군요."

찌아는 고개를 설레설레 흔들며 진저리쳤다. 요즘 언데드들의 무례함이 하늘을 찌르고 있다는 풍문 역시, 저 스토커 언데드 때문일지도 모르겠다는 생각이 들었다. 현실세계에서는 사회질서를 어지럽히는 자에게 법으로 단죄하고 있지만, 가상세계는 힘과 재력이 곧 법이기 때문에 생명체를 대상으로 강탈하든, 살상하든, 스토킹하든, 죄가 성립되지 않는 무법세계다.

강촌마을로 가는 길에 가끔 나타나는 음습한 숲들은

평소에 대수롭지 않게 스쳐 지나던 곳이었다. 그러나 찌아와 함께 걷는 숲에서는 어김없이 들개들이 나타나 횡포를 부렸다. 역시 그녀 말대로 나는 그들의 저주 대상이 되어 있었다. 나 혼자서 이 많은 들개 떼들을 집요하게 만났더라면, 나는 또 죽음을 면하지 못했을 것이다. 찌아가 걸어주는 보호막 덕분에 체력을 보전하며 마음껏 칼을 휘둘러댔다. 오랜만에 죽음에 대한 두려움 없이 신명나는 전투를 하고 있는 셈이었다. 나는 신명났지만, 자신 때문에 이런 힘든 상황에 맞닥뜨리고 있다며, 찌아는 내내 어두운 표정을 지었다.

"계속 이렇게 괴롭힌다면 결국, 나는 또 다른 세계로 떠날 수밖에 없겠네요."

가까스로 입을 연 그녀의 말이었다. 찌아가 안쓰럽다는 생각이 들었다.

"이젠 걱정마세요. 오늘처럼 앞으로 우리 둘이서 힘을 합쳐보지요."

정의의 차원에서 이대로 묵과할 수 없음을 느꼈기 때문에 내뱉은 말이었다. 언데드 무리의 공격이 이어질 때마다 찌아는 한 치 소홀함 없이 내 몸에 보호막을 걸치며 거센 공격들을 막아주었다. 나 또한 연약한 그녀를 내 곁에 바짝 붙여 세우며 경계를 늦추지 않았다. 워낙 체력조건이 약한 그녀였기 때문에 자칫 잘못하면 적의 강한 공격 한방으로 생명을 유린당할 수 있었기 때문이다. 때로 그녀의 가녀린 몸의 율동은 내 보호본능을 강하게 발동시켰고, 내 열정을 배가시켜주는 마력으로 연계되기도 하였다. 찌아와 나는 손발이 척척 맞는 전략 커플이 되어가고 있었다. 그런 덕분에 무사히 원로들의 심부름을 수행할 수 있었다. 찌아와의 긴 여정이 마무리되었다.

　나는 언데드들로부터 찌아를 보호하는 것도 가상세계의 질서를 수호하는 일이라는 믿음을 갖게 되었다. 내가 찌아와 공존하는 이유가 확실하게 성립되는 셈이었다. 찌아와 나는 가상세계에서 최고의 능력치를 보유하는 스킬을 쌓아가기로 약속했다. 최종 목표는 언데드를 타도하는 일이었다. 가상세계에서 짧은 시간에 찌아라는 이성에게 몰입되고 있는 나 자신을 의식하며 스스로 놀랐다. 나에게 여성이라면 신혜밖에 없다고 생각했던 날들이 주마등처럼 스쳐지나갔다.

　신혜와 짱구와 나는 초등학교 동창이었다. 신혜는 언

제나 짱구와 내 사이에서 친구로 존재했다. 짱구와 내가 티격태격 경쟁자로 변해간 것은 신혜가 이성으로 보이기 시작하면서부터였다. 공부면 공부, 운동이면 운동. 나는 짱구에게 뒤질 일이 없다고 생각했지만, 언제나 나를 초라하게 만드는 것은 부동산 졸부로 소문난 아버지를 둔 짱구의 물질공세 때문이었다. 나는 가난에서 벗어나지 못하였지만, 짱구는 물질의 풍요를 구가하며 살았다. 짱구의 주머니에서 나오는 돈으로 인하여, 친구들은 제법 쏠쏠한 재미를 즐기고 있었다. 그러나 신혜를 두고 보이지 않는 전쟁을 치르고 있던 나로서는 짱구의 물질들이 그리 달갑지 않았다. 돈 많은 짱구가 좋은 차를 몰거나, 좋은 것을 먹거나, 좋은 옷을 입고 다니는 것은 내 알바가 아니었다. 그러나 가끔 친구들 앞에서 보아란 듯이 신혜에게 안겨주는 선물 공세는 나의 경제적 열등감에 기름을 붓기 일쑤였다. 녀석의 선물들은 언제나 신혜에게 잘 어울린다고 생각되었기 때문이다.

가난한 내가 신혜에게 해줄 수 있는 것은 내 진솔한 마음을 주는 것이 전부였다. 신혜는 나의 그런 점이 좋다고 누누이 말했었다. 변함없이 다정다감한 그녀를 느낄 때마다 내 가슴 속에서는 무한한 신뢰와 애정을 쌓아나가고 있었다. 물론, 짱구도 나와 같은 생각을 지니고 있었을 것이다. 신혜는 우리들에게 친구 이상의 생각을 노출시키지 않고 있었기 때문이다. 언젠가는 신혜에게 프러포즈를 취할 날이 오리라는 꿈을 갖고, 그 순간까지 짱구와 페어플레이를 하겠다는 생각을 하고 있었다.

한 번쯤, 그녀에게 어울릴만한 생일선물을 사주고 싶다는 생각을 했던 적이 있다. 다소 무리가 따르겠지만, 허리띠 졸라매면 될 것이라는 막연한 생각을 하였다. 그 또한 짱구에 대한 대결심리가 발동한 셈이었다. 나는 월급이 통장으로 입금되기가 무섭게 백화점으로 뛰었다. 명품가게 앞에서 신혜에게 딱 어울릴만한 손가방이 내 시선을 끌었다. 가격표의 동그라미 개수를 파악하며 내 눈을 비비고 또 비벼댔다. 소위 명품이라 불리는 상품에 붙어 있는 가격들이 내 월급의 몇 달치라는 사실을 그제야 깨닫게 되었다. 되돌아서서 백화점을 나오던 초라한 기억들은 지금까지도 충격으로 남아있다.

결국, 장미꽃 몇 송이로 신혜의 생일을 축하할 수밖에 없었다. 반면에 짱구는 티셔츠를 선물하고 있었다. 그날 따라 짱구는 집요하게 신혜에게 옷을 입어보라고 권하였다. 신혜는 마지못해하며 티셔츠를 입어 보였다. 그와 동시에 짱구는 자신의 재킷을 훌러덩 벗어재꼈다. 짱구도 신혜와 똑같은 티를 입고 있었다. 친구들의 모든 시선이 두 사람에게 쏠렸다.

"우후, 커플티! 잘 어울린다!"

급기야 친구들은 핸드폰을 꺼내 두 사람의 사진을 찍느라고 야단을 피웠다. 나는 무심하게 짱구와 신혜를 바라보고 있었다. 나와 시선이 마주친 짱구는 입을 크게 벌려 씨익 웃어보였다. 그와 동시에 나는 신혜를 바라보았다. 미간을 찌푸린 신혜의 떫은 표정이 짱구를 향하고 있었다. 극히 난처해졌을 때 표현하는 그녀만의 특이한 표정이었다. 나는 티셔츠를 벗어 짱구의 면상에 패대기치는 신혜의 몸짓을 상상하고 있었지만, 그녀는 그냥 의자에 털썩 주저앉고 있었다. 두 티셔츠에서 발산되는 빛의 파장이 둥그렇게 확산되며 내 뇌를 가득 채웠다. 옷을 벗어 가방에 차곡차곡 챙기는 신혜의 표정이 해맑았다. 그녀가 부정을 하지 않는다면, 짱구와 신혜가 친구들 앞에서 커플이라는 사실을 공개한 셈이 되는 것이다. 게임 종료 휘슬이 울리는 가운데, 패배한 스코어판을 허탈하게 바라보는 심정이었다. 한없이 작아지는 나를 느끼는 순간들이었다.

그날 이후, 나에게 신혜의 아름다움과 화려함은 경제적인 뒷받침 없이는 불가능하다는 생각이 들기 시작하였다. 나 같은 가난뱅이는 신혜를 지킬 수가 없다는 결론을 내렸다. 급기야 내 가슴 안에서 신혜를 빼내기로 마음먹었다. 그렇다고 하여 내 입으로 그녀에게 '짱구에게 가버렷!' 하고 말하기도 그랬거니와, '네가 싫어졌어!' 라고 말하기도 그랬지만, 내 마음에 얼음덩어리를 올려두고 그녀를 향한 열기가 식기를 기다렸다. 나는 점차 사소한 일들을 가지고 곧잘 투덜대며, 그녀로부터 거리를 두기 시작하였다. 이런 나를 두고 신혜 역시 투덜댔다.

직장에서 코로나19환자가 나오기 시작하면서 재택근무가 자주 발생하였다. 내 집이 직장이요, 일터가 되는가 싶더니 얼마 못가 직장 역시 문을 닫는 사태가 전개되었다. 그 덕분에 현실세계에서 잠을 자고 밥 먹는 것 외에는 가상세계의 삶이 주를 이루기 시작하였다. 그즈음에 나와 엘프 찌아와의 새로운 인연은 돈독해져 갔다.

시간이 흐르면 흐를수록 가상세계의 나는 작고 초라했던 현실세계의 나를 벗어나고 있었다. 돈이 없으면 안 되고, 신분이 낮으면 안 되고, 힘이 없으면 안 되는 것은 현실세계의 한계일 뿐이었다. 가상세계 신신마을은 내가 노력하면 노력하는 만큼, 분명히 여유롭고 풍족해지는 곳이었다. 그런 세계였기 때문에 나는 무엇이든지 해낼 수 있는 초능력자 반열에 설 수 있게 되었다. 마음의 풍요가 삶의 풍요로 연결되는 이치를 한없이 즐기고 있었다.

신신마을에서 나는 주로 마법검을 활용하여 짐승을 사냥하였다. 가죽을 벗기고, 가죽을 가공하여 옷을 지었다. 옷이 필요한 사람들에게 나누어주는 여유를 즐겼고, 그래도 남으면 상인에게 팔아서 금전을 축적했다. 그뿐만 아니라, 금속을 채굴하게 되면, 제련하고 가공하여, 갑옷이나 칼을 만들어 가난한 용사들에게 나누어주기도 하고, 또 남는 것은 팔아서 금전을 축적했다. 안개비가 내리는 날이면, 기억의 샘물이 용트림하는 곳에서 마법 재료를 획득하여 마력을 쓰는 이들에게 나누어주었다. 이와 같은 내 잡다한 일들이 가상세계에서는 총체적 사회

능력으로 자리잡아 가고 있었다. 그로 인해 상승되는 내 능력들은 고스란히 촉망받는 용사로 업그레이드 되었다.

가끔은 찌아를 위해 황금을 입힌 꽃신이나 마법봉을 만들어 선물하는 즐거움도 누렸다. 그때마다 찌아는 팔짝팔짝 뛰며 좋아했다. 누군가에게 선물을 하였을 때, 상대의 기쁨이 고스란히 나의 기쁨으로 온다는 사실을 가상세계에서 만끽하고 있었다. 때로는 신혜에게 고가 선물을 안기며 느꼈을 짱구의 기분도 헤아릴 수 있었다. 그렇게 현실세계에서 위축되었던 내 자존심을 가상세계에서 치유하고 있는 셈이다. 가상세계에서 찌아에게 선물을 안겨주었듯이, 현실세계에서도 넉넉한 마음으로 신혜에게 선물을 턱 안겨줄 수 있었더라면 얼마나 좋았을까. 아마 신혜도 찌아처럼 팔짝거리며 좋아했을 것이다. 문득 또 다시 신혜의 모습이 신기루처럼 피어올랐다.

신혜에게 연락을 끊었을 때, 내가 가상세계에 몰입되어 있는 PC방까지 찾아와 피하는 이유를 설명해달라고 앙탈부리던 신혜. 그녀에게 나는 마음에도 없는 말을 뱉어버리고 말았다.

"난 이제 네가 싫어졌어."

내가 경제적 능력이 부족하여 너를 떠날 수밖에 없다는 말을 어찌 할 수 있었겠는가. 내 등이 따가울 정도로 응시하던 그녀는 그렇게 떠나갔다.

어느 순간부터 찌아가 가상세계로 들어오면 나를 찾는 것이 일상화되었다. 나 또한 가상세계로 들어오면 찌아를 찾게 되었다. 서로의 친밀도가 높아졌다는 의미다. 둘은 가상세계에서 함께 있는 자체가 자연스러워져버렸다. 옷을 짓겠다는 찌아를 위해 함께 백곰 사냥을 다니기도 하였다. 어쩌면, 신혜를 빨리 망각할 수 있는 계기가 될 것 같은 느낌이 들었다.

하루는 가죽을 가공하고 재단하는 기술을 습득한 찌아가 조끼를 만들어 내 앞에 내밀었다. 등에는 곰의 포효하는 모습이 새겨져 있었고, 은색털이 테두리에 장식된 곰가죽조끼였다. 착용하면 공격력과 수비력이 매우 탁월해지는 마력이 깃든 전투용 조끼였다. 찌아는 조끼의 재료를 구하기 위해 저 연약한 손으로 사나운 곰을 잡았으리라. 그리고 안감용 무지개 옷감을 구하기 위해 저 가냘픈 다리로 들판을 뛰어 다녔으리라. 찌아의 마음이 고스란히 베인 조끼를 받아드는 손이 찡하였고, 마음도 찡하였다. 그리고 한번 더 나를 감동의 도가니로 몰아 넣은 것은 찌아도 똑 같은 조끼를 입고 있었다는 사실이다. 커플 조끼였다. 문득 신혜의 생일날에 벌어졌던 커플티 사건이 수증기처럼 피어올랐다.

나는 새로운 직장이 구해지기까지 가상세계의 찌아와 함께 하겠다는 생각을 굳히고 있었다. 가상세계에 늦게 진입한 찌아는 모든 것들이 빈약하고 허약하기 짝이 없었다. 성능이 아주 낮은 아이템들을 착용하고 있었기 때문이다. 연약한 몸으로 계급을 업그레이드 해 나간다는 것은 불가능해 보였다. 그녀가 입고 있는 옷이나 신발, 액세서리들을 모두 좋은 성능으로 교체 해줘야 홀로서기가 가능해질 것 같았다. 어차피 그래야 된다면, 나는 그녀의 모든 아이템들을 최고의 명품으로 교체해주고 싶다는 생각이 들었다. 현실세계에서 이룰 수 없는 욕망을 가상세계에서라도 원 없이 이루어 보고 싶은 남자의 야망이었다.

곧바로 힐러 찌아에게 착용시킬 수 있는 가상세계 명품 아이템 정보를 파헤쳤다. 그녀가 나에게 가죽조끼를 선물하였듯이, 직접 수작업으로 만드는 것이 더 빛나리라는 결론을 도출하였다. 그래서 옷감 모으기, 가죽 모으기, 광물 캐기, 동물 사냥하기 등으로 재료를 확보하는 동시에 제작기술까지도 단시일에 습득하였다.

1단계 작업은 찌아의 머리를 보호하는 모자와 빠른 속도의 신발을 제작하는 일이었다. 재료를 확보하기 위해 산과 강을 넘나들며 호랑이발톱과 용비늘을 획득하였다. 그리고 마력을 넣기 위한 재료로 봉황의 은빛깃털, 송골매의 갈색깃털, 사자의 흑색 솜털, 잉어의 무지개비늘이 혼합되었다. 호랑이, 사자, 잉어는 쉽게 획득할 수 있는 재료들이었지만, 봉황이나 용과 같은 희귀동물들은 단기간에 사냥하는 것이 불가능하였기 때문에 그동안 은행에 축적해 두었던 금괴로 전문 사냥꾼들과 물물교환하는 순발력이 발휘되기도 하였다.

2단계 작업은 힐러의 무기인 마법봉을 확보하는 일이었다. 때마침, 성화산 중턱 도둑소굴의 우두머리가 희귀 마법봉을 소유하고 있다는 정보를 입수하였다. 내 수중에 몸을 숨길 수 있는 은신망토가 있었기 때문에 도둑소굴에 잠입하여 마법봉을 훔쳐오는 계획을 단행하였다. 동굴에는 수많은 도적들이 있었지만, 내 몸을 투명으로 만들어주는 망토 덕분에 손쉽게 마법봉을 손에 넣을 수 있었다. 도둑의 물건을 다시 훔쳐내는 모험이 쾌감으로 남았다.

3단계 작업은 귀고리, 목걸이, 팔찌, 반지를 만드는 일이었다. 가상세계에서는 뉴티탄 금속으로 만든 것이 최고의 상품이었다. 금, 은, 다이아몬드, 백옥을 배합한 희귀 금속 뉴티탄은 힐러의 마력을 충전하고 저장할 수 있는 기능을 지니고 있다. 그동안 닦아 둔 100레벨의 재련 기술 때문에 금속들을 채굴하여 제작할 수 있었다.

마지막 4단계 작업은 힐러의 원피스와 망토를 만드는 일이었다. 원피스와 망토는 어느 직업군보다 나약한 힐러의 몸을 방어하는 능력이 뛰어나야 한다. 원피스와 망토를 만들기 위해서는 마법옷감과 금거미줄이 필수 재료다. 마법옷감은 비단과 백곰가죽을 조합해서 얻어지기 때문에 직물가공 능력을 가진 찌아의 힘을 빌렸다. 그리고 마력을 입히기 위해서는 마법옷감에 금거미줄로 용머리를 새겨 넣어야 한다.

성화산 뜨거운 불구덩이 속에서 살아가야 하는 거미들이 용암의 유일한 생명체인 화식충을 잡아먹기 위해

쳐놓은 금거미줄이다. 이 금거미줄을 획득하기 위해서는 승천하는 용에 올라타야 된다. 용이 성화산 정상에서 잠시 휴식을 취하는 동안, 분화구로 진입해야 되는 고난이도 작업이다. 이 과정에서 용의 꼬리에 매달리는 것이 서툴러 지상으로 떨어져 죽기 다반사, 분화구의 악귀들에게 쫓기다 질식사하기 다반사, 분화구에서 분출되는 용암에 불타죽기 다반사다.

나는 숱한 죽음을 반복한 끝에 금거미줄을 획득할 수 있었다. 이 과정에서 뜻밖의 행운이 찾아왔다. 정확하게 스무번째 죽어 영혼이 된 상태에서 찬연하게 빛나는 용호검을 발견한 것이다. 용호검을 용암 속에 봉인해 두었다는 사실은 알고 있었지만, 이렇게 우연찮게 발견하리라고는 전혀 예상하지 못하였다. 용호검은 용암에서 스무번을 죽은 영혼에게만 보여지는 검이었던 것이다. 검은 쉽사리 손에 쥐어지지 않았다. 금거미줄을 들고 애를 태우며 검을 쥐고자 하였지만, 도저히 획득할 수가 없었다. 해답을 얻기 위해 칼 위로 금거미줄을 걸어두고 생각에 잠기었다. 바로 그 순간이었다. 용암이 부글거리며 칼이 춤을 추는가 싶더니 내 손 안으로 미끄러져 들어왔다.

금거미줄이 검에 걸린 결계를 푸는 열쇠였던 것이다. 용호검을 획득하기 위해 도전했던 모든 사람들이 실패한 이유는 자신의 목숨을 포기해야만 획득할 수 있는 검이라는 사실을 알지 못했으며, 금거미줄로 결계를 풀어줘야 한다는 퍼즐을 풀지 못했기 때문이다.

용호검과 금거미줄을 지니고 마을로 귀환하였을 때, 내 얼굴은 죽음의 숫자만큼 주름투성이가 되어 있었다. 내 창고에는 찌아의 몸을 치장할 가상세계 최고의 명품 아이템들이 빛을 발하고 있었다. 어떤 목표를 세우고 노력하고 또 노력하면 안 되는 일이 없다는 말들이 뇌에서 꿈틀거렸다.

엘프 힐러 찌아가 가상세계 최고의 명품을 착용하는 날이라는 소문이 퍼지기 시작하였다. 명품이 뭔지도 모르는 시골 아낙들까지도 몰려들어 인산인해를 이루었다. 신신마을 중앙 광장이 내려다보이는 정자에 찌아를 세웠다. 그리고 그녀에게 아이템 하나하나를 넘겨주며 착용시켜나갔다. 새로운 아이템이 착용될 때마다 찌아의 몸에서 조금씩 광채가 스멀거리기 시작하였다. 마지막으로 망토를 걸쳤을 때, 찌아의 온 몸은 하나의 다이아

몬드처럼 무지갯빛 광채를 발산하였다. 천사가 재림한 듯, 여신이 재림한 듯, 사뭇 경건한 분위기를 자아내는 아름다운 자태였다. 구경꾼들의 함성과 박수가 터져 나왔다. 이제 그녀는 어느 누구도 함부로 범접할 수 없는 최고의 힐러로 거듭 태어난 것이다. 그녀에게 착용된 모든 아이템이 내 손을 거쳐 제작된 만큼, 내 능력 또한 업그레이드되어 최상위 용사로 변신해 있었다. 내 허리에 걸린 용호검에서도 은빛 광채들이 뒤덮고 있었다. 나를 정겹게 바라보는 찌아의 눈빛에서 새어나오는 마력이 내 몸통 안으로 주입되고 있었다. 뭐든지 해낼 수 있다는 나의 자신감이 하늘을 찌르고 있었다. 현실세계에서 누군가를 위해 이렇게 애써 본 적이 있었던가?

현실세계의 신혜가 또다시 풍선처럼 떠올랐다. 지금쯤 그녀는 나를 잊어버렸으리라. 가상세계와 같은 노력으로 내가 신혜를 지키기 위해 끝까지 노력하고 또 노력하였더라면, 그녀를 내 여자로 만들 수도 있었지 않았을까? 생각과 생각 사이에 '바보'라는 단어만 연기처럼 나를 휘감았다.

동네 사람들이 서서히 자리를 뜰 무렵이었다. 언데드

패거리들이 들개들과 함께 먼지를 일으키며 마을 한 가운데로 들어왔다. 언데드는 천일검을 광장 한가운데에 꽂았다.

"용호검을 접수하러 왔다."

라며 전쟁과 다름없는 도전장을 던졌다. 마을의 모든 수호 용사들이 모여들었다. 구경꾼들도 다시 운집하여 사태를 지켜보았다. 나는 큰 소리로 응대하였다.

"어림없다. 너의 천일검을 내게 넘겨라."

결국, 용호검과 천일검의 대결이 시작되고 말았다. 언데드와 나. 가상세계 최고의 검을 두고 싸움을 시작하였다. 최고의 명품을 모두 갖춘 힐러와 용호검을 쥔 최상위 용사의 탱킹 조합이라면, 충분히 승산 있는 싸움이라고 확신하였다. 주변의 용사들을 모두 물러나도록 하고 찌아와 나는 언데드 무리들 앞으로 나섰다.

찌아는 내 몸에 강한 보호막을 씌웠다. 들개들은 찌아가 던진 마법바람 속에 갇혀 추풍낙엽처럼 쓰러졌다. 언데드들이 흠칫 놀랐다. 나는 그 순간을 놓치지 않았다. 언데드들을 향해 용호검으로 선방을 날렸다. 용호검은 하늘로 향할 때마다 용과 번개를 불렀다. 땅으로 향할 때에는 용암의 불덩이와 호랑이가 뛰었다. 칼이 움직일 때마다 발생하는 회오리바람의 마력은 언데드의 기력을 봉쇄하였다. 그러나 물과 바람과 불의 마력을 거느린 천일검은 용호검의 마력보다 한 단계 위였다. 찌아의 마력은 그 부족분을 상쇄시켜 나갔다. 찌아의 마력과 내가 지닌 용호검의 협공은 천일검의 힘을 점차 약화시켜나갔다. 승리의 예감이 들었다. 천일검의 힘이 고갈되어버리자 언데드의 일그러진 얼굴에서는 연기가 피어오르기 시작하였다. 이내 언데드의 몸이 불덩이로 뒤덮이는가 싶더니 한 줌의 재로 소멸되었다. 그 자리에는 무지갯빛 선연한 천일검이 놓여졌다. 나는 떨리는 손으로 천일검을 집어 들었다. 오른손에 천일검, 왼손에 용호검을 감아쥐며 하늘 높이 들어 올렸다. 천둥소리가 났다. 사방에서 번개불들이 두 검 사이로 쏟아졌다. 내 온몸이 불덩이처럼 달아올랐다. 내 피부에 용비늘이 뒤덮였다. 주변의 용사들이 모여들었다. 그리고 마을의 모든 백성들이 모여들었다.

"천하 제일 용사!"

라는 함성이 울려 퍼졌다. 그 함성과 함께 마을의 모든 쇳덩이에 형광 빛이 씌워졌다. 천일검과 용호검에서 발산되는 마력이 온 신신마을의 무기에 마력의 힘을 불어넣었기 때문이다. 사람들의 만세 삼창이 이어졌다. 이로써 먹골마을의 붉은눈부족보다 더 높은 마력을 확보하게 되었다. 신신마을의 패권시대가 열리고 있었다.

창 건너에서 까치 떼들이 시끄럽게 아침 인사를 해 왔다. 그러고 보니 가상세계에서 밤을 꼬박 새웠던 것이다. 피곤이 몰려왔다. 침대 위에 몸을 눕히자 무거운 눈꺼풀이 눈을 가렸다.

얼마나 잤을까. 초인벨 소리가 정적을 흔들었다. 문밖에서 여성의 목소리가 들려왔다. 눈을 부비며 문을 열었다. 신혜가 서 있었다. 언제 우리가 서로 헤어져 있었냐는 듯이 환한 미소를 짓고 있었다. 나는 살짝 내 팔의 살을 꼬집어보며 뒤로 물러섰다. 분명히 꼬집은 살이 아파왔다.

"천하제일용사 무사님! 멋져요!"

신혜는 잠시 충격을 받고 머뭇거리는 나를 냅다 밀치며 방으로 쳐들어 왔다. 그리고 그녀는 보따리 한 개를 내밀었다. 가죽옷이었다. 사이드에 은색 테두리가 선명

한 가죽조끼였다. 등쪽에는 곰의 포효하는 모습이 새겨져 있는 가죽조끼. 갑자기 내 피부에 용비늘과 같은 소름이 쫘악 돋아 올랐다.

"찌아의 남자 무사님! 신혜의 남자 종원씨! 사랑해용!"

가상세계의 찌아는 현실세계의 신혜였다. 그렇게 나와 찌아를 징그럽게 괴롭히던 언데드는 짱구였다는 사실도 알게 되었다. 내 눈에 뜨거운 시선을 고정시킨 신혜의 콧소리 섞인 말에는 마력이 가득 깃들어 있었다. 내온 몸이 달아오르고 있었다.

거짓말

김경희

거짓말

김 경 희

당신, 내일은 진주 남강 유등 축제에 간다는 거 잊지 않았지?

어제 저녁을 먹으며 그가 말했다. 아침 8시에 출발한다는 말을 강조했지만 그녀는 귓등에만 담아두고 늦잠을 자고 말았다. 부지런한 새가 먹이를 더 많이 찾을 수 있어. 아침 일찍 일어나는 새는 피곤할 뿐이야. 그런 말장난 같은 말을 주고받으며 20여 년을 살았지만 그녀의 습관은 여전하다. 중요하다고 생각하지 않는 내용은 겉날리듯 흘려듣는 태도 때문에 사소한 손해를 본 적도 있고, 직장에서는 남들처럼 친숙한 언니 동생이 되지 못한다. 한 마디로 사회성이 좋은 사람 축에는 끼지 못하는 것이다. 그렇다고 해서 자신을 변화시켜야 한다거나 좋지 않은 결과에 대해 탄식해 본 적은 더구나 없으니 이 습관은 무덤까지 가져갈지도 모른다.

그녀가 집중해서 듣지 않는 이유에 대해 유추해 볼 수 있는 한 가지는, 그녀의 의식이 자신에게 중요한 것인지 아닌지의 가치 유무를 쉽게 판단해버리는 데서 오는 것이라는 정도다. 문제는 가치의 유무가 다른 사람들과 같지 않은 데서 발생하고, 이번 일도 그랬을 것이다. 아무리 좋은 구경도 피로를 무릅쓰고 다니는 것은 딱 질색이다. 가을이 되자 부쩍 늘어난 우울증 환자들 때문에 원장은 물론이고 간호사인 그녀 또한 지친 상태다. 아침, 그가 깨우는 바람에 간신히 눈을 떴지만 시계는 이미 7시를 지나고 있었다. 종종거리며 급하게 화장을 마무리하는 그녀에게 그는 지하 주차장에 있는 차를 가져오겠다며 먼저 나갔다.

그가 나가고 현관문이 닫혔다는 기계음이 사라짐과 동시에 전화벨이 울린다. 주섬주섬 옷을 꿰입던 그녀는 전화 받기를 포기한다. 누군가 꼭 전할 소식이라면 휴대폰을 이용하겠지. 그럼에도 그녀는 어떤 예감을 떨치지 못한다. 주말 아침 이른 시간에 전해지는 소식은 안 좋은 일일 가능성이 크다는 경험에서 오는 예측 때문이다. 기실 예감이라는 것은 어떤 상황에서 무슨 일이 일어날지 알 수 없어서 생기는 감각 작용이지만, 무슨 일이 있게 될지 두려워하는 생존본능에서 기인할 것이다. 그러니까 이 낯익은 두려움은 그녀의 경험치의 범주에서, 내면 깊숙한 곳에 잠들어 있다 솟구치는 불온한 것일 수도 있다. 그사이 전화기는 자지러지게 울어대고 그녀는 반사적으로 수화기를 들고 여보세요라고 말하고 있다.

ㅡ아야, 네 통장 번호 좀 알려달라는데 왜 소식이 없냐?

아, 이 바쁜 순간에 데자뷰 같은 현실이라니. 어머니는 한 달 전에 전화하실 때도 똑같았다. 다짜고짜 당신의 할 말을 먼저 꺼내는 직설적 화법으로 통장번호를 불러 달라 하셨다. 평소와 다른 점은 어머니의 목소리에 어떤 다짐의 결기가 묻어있었다는 것 정도다. 일요일 아침이라 아직 잠에서 깨지 못했나 싶어 미간을 꾹꾹 눌러보았다. 그리고 나온 것이 힘없는 방귀처럼 피싯 소리를 내는 웃음이었다.

ㅡ에미야, 내 말 듣고 있는 거냐?

ㅡ통장 번호는 뭐하시게요.

ㅡ네게 돈을 좀 줄라고 그런다.

그녀는 다시 웃었다. 그러나 이번 웃음은 달랐다. 앞의 웃음은 현실감 없는, 믿기지 않는 현실 앞에서 나온 웃음이었다. 어머니가 돈을 주신다는 것은 상상해 본 적조차 없어서 불가능한 일이었으므로. 돈은 항상 그녀가 어머니에게 드렸지 어머니가 그녀에게 주는 것은 아니었으므로. 그러나 이번엔 자신도 모르는 사이 솟아난 생각들이 그녀를 지키겠다고 무장한 후에 나온 웃음이었다. 그 짧은 시간에도 수많은 생각이 오갔지만 가장 명료한 것은 받고 싶지 않다, 였다.

열흘 전쯤 두 번째 전화를 받고 그녀는 어머니의 호의를 무조건 거절할 수는 없으니 직접 만나 돈을 받지 않는 이유를 설득해야 한다고 생각하고, 적절한 시간을 기다리는 중이었다. 그 준비 시간이 너무 길었는지 어머니는 또 전화를 하셨다.

– 엄마, 나 지금 급하게 나가려던 중인데, 통장을 찾아봐야 번호를 알 수 있어요.

– 너는 저번 참에도 그렇게 대답했잖냐?

그녀도 수화기 너머의 어머니도 순간 적당히 능칠 말을 찾지 못한다. 짧은 침묵 사이로 어머니의 한숨이 끼어든다.

- 나중에 전화 할게요.

지난번에도 이렇게 대답했지. 나중에, 나중에…. 이유
야 어쨌든 어머니를 피하는 것 자체는 그녀가 잘못하고
있다. 두 번째 전화하셨을 때 그녀는 받지 못했고, 퇴근길
에 전화를 하자 아버지가 받아 바꿔주셨다. 하도 소식이
없어 그냥 해봤다. 어눌하게 말씀하시는 어머니 옆에 아
버지가 있음을 눈치챘다. 그때도 어떻게든 어머니를 설득
해야지 하고는 잊고 있었다. 다음 주말에는 꼭 어머니를
만나야지. 엘리베이터를 기다리며 그녀는 다짐한다.

왜 어머니는 내게 돈을 주려는 것일까? 그녀는 어머니
로부터 돈을 받아야 할 이유가 없다고 생각한다. 넉넉하
게 살진 못해도 그녀는 직장에 다니고 있고, 지금 어머니
로부터 돈을 받아야 할 만큼 경제적으로 궁핍하지도 않
다. 평생 시간 강사로 살아온, 가난한 서생 가장을 두고
있지만 그녀가 그 틈을 메꾸며 보통 사람들처럼 살고 있
다. 얼마 전 그가 강사 자리조차 그만두고 자기 일을 해
보겠다고 은행 융자를 신청해두고 있기는 하지만 어머
니와는 무관한 일이다. 그보다 어머니는 이 사실조차 모
르고 있다. 평생 그렇게 살아왔듯이 그녀 부부는 두 사람

만이 의지 처로 삼을 뿐이다. 무엇이든 필요할 때 주어야 가치가 있지, 받을 생각이 없는 사람에게 주는 것은 선한 일도 아니며 의미도 없다. 더구나 어머니가 그렇게 풍족한 삶을 사시는 것도 아니다.

몇 년 전에 부모님은 자식들에게 재산을 분배하였다. 시골에서 농사지으며 사는 양반들이 재산이라야 얼마나 되겠는가. 그래도 당신들이 눈 감기 전에 정리하고 싶으신지 장남에게는 기천 만 원과 함께 지금 살고 있는 집과 전답을 주었고, 둘째와 셋째 아들에게도 비슷한 현금을 나눠주었다. 둘째 딸인 여동생에게도 현금이 간 것을 그녀는 후일에 풍문처럼 들었다. 소문은 사건의 진실보다는 누가 어떻게 말했느냐에 집중한다. 재산분배 그 자체보다 그녀는 그 범주 안에 들어있지 못한다는 사실로 슬프고 섭섭했다. 자신만 빠진 그 일에서 형제들과 그녀 사이에는 비밀이 떡 버티고 있어 한동안 서먹서먹했다. 그녀는 내색하지 않으려 애쓰다 오히려 자신의 감정을 드러내 자괴감을 맛보아야 했고, 다른 형제들은 행여 그녀가 알까 신경 쓰다가 부자연스러운 관계가 되고 말았다. 비밀이 불온한 것은, 같은 비밀을 가진 사람들끼리의 연

대감이 비밀을 가지지 않은 이를 배척하기 때문이다. 세상에 비밀은 없으니 조금씩 흘러든 말이 조각조각 직조되었을 때 그 풍문은 하나의 현실이 되었다. 그녀가 부러워하던 핏줄의 당당함과 긍지와 적당히 허락되는 허위의 공유는 그렇게 가당찮은 것이었다.

두어 시간을 달려온 버스가 산청 약초골 축제장에 그들을 풀어놓는다. 산청 약초골에 오셨으니 정기가 약한 분들은 약초도 구입하시고, 저기 보이는 기 바위에 가서 기도 좀 받고 오십시오. 여기서 1시간 반 동안 자유 시간을 갖고 약초 샤브샤브로 점심을 먹고 출발합니다아. 총무의 말이 끝나기가 무섭게 사람들은 우르르 몰려나간다. 맨 뒷좌석에 앉아 있던 그녀가 마지막으로 내리자 버스는 어디론가 사라졌다. 버스가 서 있던 자리에 풍성한 가을 햇살이 쏟아져 그녀를 감싸 안았다. 곧 축제 개막식이 시작된다는 안내 방송이 들렸다. 광장 중앙에 준비된 무대 위에는 풍요의 신에게 바칠 곡물과 과일이 차려진 상이 보이고, 풍년을 기원하는 볏단과 콩대, 수수, 기장대가 풍성한 열매를 매단 채로 단 위에 쌓여 있다.

그녀가 부신 눈을 찡그리며 사방을 둘러본다. 제법 붉은빛을 띤 단풍이 산 중턱까지 내려와 있다. 그 즈음에 예사롭지 않은 건물이 있고, 사람들은 그곳을 향해 올라가고 있다. 그녀는 다시 몸을 돌려가며 사면을 바라본다. 어느 한 군데도 빈틈없이 산으로 둘러싸인 터다. 일행과 떨어져 어디로 움직이든 사방이 한눈에 들어와 길을 잃을 염려가 없는 곳이다. 외부로부터 차단된 공간, 평화롭고 아늑한 자리에서 그녀는 심신이 무장 해제되는 느낌이다. 일행 중 누군가 산 중턱을 가리키며 예사롭지 않은 건물 옆의 기 바위 쪽으로 올라가자고 한다. 그들 또한 시지프의 후예들, 바윗덩이를 굴리느라 지친 몸에 에너지를 충전하고 싶은 게지. 그가 그녀에게 손짓을 한다. 그녀는 고개를 저었다. 그보다는 커피를 마시는 게 낫겠어. 이곳에 있어도 충분히 힐링이 될 것 같아. 그녀가 허준의 동의보감을 재현한 책 모양의 꽃밭을 가리킨다. 노란 국화 옆에 앉자 그가 사진 몇 컷을 찍는다. 그 사이 기관장들의 축사가 끝나고 풍요를 기원하는 춤과 노래가 시작되었다.

정오가 가까워지는지 햇볕이 제법 따갑다. 카페인 덕

분인지 그녀는 생기를 되찾았다. 잠시 자리를 비웠던 그
가 광장에 주욱 늘어선 주막에 가서 새로 개발한 생맥주
를 사들고 온다. 그의 등 뒤로 개조한 트럭이 보이고 뻥
튀기가 툭툭 튀어오른다. 부풀려진 뻥튀기는 금세 동그
란 무덤처럼 쌓인다. 작은 쌀알들이 몸체를 부풀려 저리
큰 형체를 만들어 내다니. 몸피를 바꾼 저것들은 웬만큼
먹어봐야 배부르지도 않는데 사람들은 왜 좋아할까. 뻥
튀기, 참 잘 어울리는 이름이네, 그녀가 혼잣말을 한다.
방금 도착한 관광버스에서 내린 노인들이 우르르 몰려가
계산도 치르지 않은 채 뻥튀기를 집어 든다. 노인 몇몇은
아예 비닐봉지를 들고 차곡차곡 담기도 한다. 저거 봐. 노
인들은 저렇다니까. 장사하는 사람은 어떻게 먹고 살라
고. 그가 종이컵에 맥주를 따라 내밀다가 뒤돌아 그들을
바라본다. 노인들은 체면도 없나 봐. 그 노인도 그랬어.

　네 어머니가 네 자랑을 많이 하더라. 그녀가 안녕하시
냐고 인사를 하자 노인은 뜬금없는 소리를 했다. 오히려
뜨악해하는 그녀의 손을 끌고 자기 집 문간방으로 데리
고 가더니 흰소리까지 해댔다. 마지못해 따라 들어가면
서도 그녀는 곧 아침을 먹어야 한다는 것을 말했다. 올케

와 여동생이 아침상에 수저를 놓는 소리를 들으며 밖으로 나왔기 때문이다. 어머니 생신상이니 마땅히 가족들이 함께 해야 한다. 예기치 않게 마주친 노인이 그녀에게 살갑게 대하는 꼴은 아주 둔한 사람이 아니라면 누구나 눈치챌 수 있을 만큼 목적적으로 보였다. 그래도 들어왔으니 잠깐만 앉아. 도시에 살던 큰 며느리가 집을 나간 후 손주를 키우다가 독립해 보냈으니 사람의 온기가 그립기도 할 것이다.

노인이 아랫목에 깔아둔 이불을 들춰주자 그녀는 엉거주춤 자리에 앉았다. 그랴, 네 어머니도 고생 많이 했지. 딸까지 대학 보내려니 얼마나 아등바등 살았겠냐? 노인의 말이 그녀에게는 네가 어렸을 때부터 나는 다 봐왔지, 로 들렸다. 그래서 딸인 너까지는, 데리고 재혼한 너까지는 대학을 보내지 않아도 되었어, 라고 말하고 싶었을 것이다. 당신 말이 아니어도 가난한 어머니에게 딸은 구태여 가르칠 필요가 없는 존재였어요. 가족들 누구도 마찬가지였죠. 데리고 사는 동안 밥 먹여주고 잠재워준 것밖에는 없다구요. 그것마저도 감사해야 하는 거라면 어쩔 수 없지요. 노인은 마치 그녀의 모든 것을 알고 있다는 듯, 조용하고 은밀한 어투로, 그러나 대수롭지 않은 표정으로 그녀를 자극해왔다. 그녀는 노인을 경계하면서도 끌려가고 있었다. 자신도 모르는 사이 분노가 꿈틀거리고 있다는 것을 감지하고 있었으니까.

초등학교 때부터 상급학교로 진학을 할 때마다 어머니는 언제나 방관자의 모습으로 훼방을 놓았다. 가시내가 공부해서 뭐하냐. 동생들 업어 키우고 농사나 짓지. 자식이 무얼 원하는지, 얼마나 간절하게 공부하고 싶어 하는지 따위는 염두에도 없었다. 오로지 자신의 생에만, 동생들 뒷바라지에만 관심 두었던 사람이었지. 나도 자식인데, 그래도 어머니인데. 때론 부모보다 나은 타인이 있다. 대학을 보내주겠다는 사람이 있었는데, 같은 반 친구의 아버지였다. 그는 초등학교 선생님이었다.

어머니가 그래요? 저를 대학에 보내셨다고? 그녀는 이미 노인에게 휘말리고 있었다. 하이고, 말이라고. 동네 사람들은 당연히 그렇게 생각하지. 네 어머니 대단한 사람여. 자식이면 그걸 잊으면 안 되지. 다른 사람이면 몰라도 너는 효도해야 헌다. 암 그래야 허고말고. 노인네, 참 오지랖이 넓기도 하지. 그런데 이상한 것은 가슴에서 아우성치는 소리들이 이상한 말과 행동으로 이죽거리는 저 노인에게 향하는 게 아니라 어머니를 향하고 있다는 것이다. 나는 입이 무거워서 말을 물어내지 않아. 내게는 말해도 괜찮혀어. 노인은 뭔가 눈치를 채고 있는 것일까? 저 노인에게 더 넘어가면 안 돼. 내 인생에 아무런 권리가 없는 사람의 말을 쫓아선 안 되지. 그녀의 이성이 회복되었다. 지금 세 치 혀를 잘못 놀렸다간 어머니를 우세스럽게 하고, 관계가 더 불편해질 수도 있다.

　아침부터 그녀를 끌어다가 무엇인가를 확인하고 싶어 하는 노인의 저의가 의심스러웠다. 위아래, 옆집들, 낮은 담이 있고, 대문이 있어 독립된 공간처럼 보이지만 큰 소리로 말하면 지나다니는 사람들 귀에 묻어 치부조차도 감춰지지 않는 동네다. 그녀는 흔들린 마음을 수습하고 노인의 함정을 피해가야 한다는, 이 좁은 동네에서 어머니를 보호해야 한다는 생각에 자신을 눅였다. 그러자 이유를 알 수 없는 가학적인 쾌감이 온몸에 퍼져갔다. 노인을 뿌리치지 못하고 따라 들어온 것을 후회하면서도 노인의 입에서 무슨 말이 나올지 궁금하기도 했던 그녀였으니까. 하지만 그녀는 일그러진 웃음을 머금고 자리에

서 일어섰다. 아침을 먹어야 해서요. 안녕히 계세요. 그
랴. 어여 가봐. 손사래를 치면서도 노인의 표정엔 흥미로
운 먹잇감을 놓친 포식자의 아쉬움이 짙게 배여 있었다.

삽시간에 무덤만한 뻥튀기가 사라지고 노인들도 흩어
진다. 기계에서는 뻥튀기가 자동적으로 펑펑 튀어나온
다. 마치 화수분을 보고 있는 느낌이다. 사는 일도 저럴
까. 거대하게 부풀려진 현상에 현혹되어 작은 진실조차
도 놓쳐버리는 일들이 연속되는 것일지 몰라. 거짓일수
록 더 현란하거나 부풀려지고, 때로 기막히게 달콤하지.

– 저게 축제 인심이지.

그가 말한다. 노인들이 사라진 자리에서 아이의 손을
잡은 젊은 여자가 뻥튀기를 산다. 늙수그레한 주인 남자
의 얼굴이 웃음으로 환해진다.

– 아무리 그렇다고 남의 물건을 공짜로 다 먹어치우다
니. 맛보기로 주었다 해도 장사하는 사람의 입장도 생각
해야지.

– 저건 오랜 경험으로 축적된 노인들의 본능이야. 어
떻게 해야 내 것을 잘 지킬 수 있는지를 알고 있으니 상
대를 배려하는 이성적 생각에 앞서 자신을 위한 행동이

먼저 되는 거야. 나이 들어 힘이 적어질수록 자신을 지키려는 욕망은 더 커지니까.

– 네, 설득은 그 정도만 하시지요. 당신이 그럴수록 노인에 대한 내 생각은 더 엇나갈 것 같으니까.

– 사춘기 아이도 아니고 … . 당신은 요즘 노인 이야기만 나오면 까칠하게 굴어.

– 오늘 아침에도 어머니가 전화하셨어.

– 당신 고집도 참, 웬만하면 받아들이지. 떼쓰는 아이처럼 왜 그래?

– 정말 그렇게 생각해?

그가 아차 싶었는지 툭 뱉었던 말을 수습하려 애쓴다.

– 유산 상속을 하신 것도 그렇고, 최근 들어 장모님이 자꾸 정리하신다는 느낌이 들어서 그래. 이대로 돌아가시면 가장 슬퍼할 할 사람이 당신이잖아.

– 그러니까 당신은 돈을 받고 싶은 거지?

그의 말이 틀리지 않다고 생각하면서도 그녀는 어깃장을 부리고 싶다.

– 받아서 어머니를 위해 쓰면 되잖아.

– 어떻게 쓰든 그것은 다음 문제야. 나는 받고 싶지가

않다니까. 그 돈을 받음으로 해서 다시 복잡하게 얽히고 싶지 않아. 그동안 숱하게 무시 받고, 속상해하다가 이제 포기하며 살고 있잖아? 이제는 그만하고 싶어. 내겐 책임도 의무도 없으니 홀가분하게 살 거야.

– 그게 그리 복잡한 일이야? 그냥 받으면 되는 거 아냐?

– 뭐라고? 안 그런 척 내 뜻대로 하라 하면서도 당신의 본심은 그거였네?

그 순간 은행 융자금이 예상보다 적게 나왔다는 그의 말이 떠올랐다.

– 설마 당신?

– 그럴 생각은 아니었어. 그러나 융자금을 다 투자하게 되면 두 녀석들 다음 학기 등록금이 걱정되는 것도 사실이야. 하균이는 곧 제대하는데.

– 그래도 그 돈은 안 돼. 애들 등록금은 내가 마련할 거야.

– 당신 월급만으로는 무리라는 거 알잖아?

그는 아내가 너무 강하게 고집을 부린다고 생각한다. 여자들은 참 복잡해. 저간의 사정이야 이해하지만 이건 좀 심하다. 다른 일에는 묵묵히 잘 따라주기도 하더니만 이번엔 너무 답답하게 굴고 있다. 그녀는 그의 생각을 읽고 나자 섭섭하고 허탈하다. 아무도 자신을 이해해주지 않는다는 데서 오는 고독감이기도 하다. 그가 젊었을 때는 보여주지 않았던 약한 모습을 본 것에 대한 실망감도 감출 수 없다. 막다른 길에 선 그의 심정 또한 이해되나 어머니의 돈을 그렇게 결부시키는 일은 정말 싫다. 이런 문제가 발생하지 않았어도 어머니가 괜한 파문을 일으켰다고 생각할까, 그녀는 스스로를 점검해 보지만 점점 미궁에 빠지는 느낌이다.

산청을 출발한 버스는 30분 정도 달려 단성면에 있는 겁외사(劫外寺)에 도착했다. 겁외사. 겁 밖의 절, 시간 밖의 절이라니. 입을 달싹여 겁·외·사, 라고 발음하는데 온몸에 파지직 스파크가 일어난다. 촤르르 일어서는 저 깊은 곳에서의 수런거림이 감동이라는 껍질을 둘러쓰고 그녀에게 온다. 시간 밖에 존재하는, 시공간의 물질 세상을 초월하는 절이라니! 그녀는 지나간 시간에 갇혀 사람 노릇, 자식 노릇은커녕 스스로의 속박 속에서조차 벗어

나지 못하고 있는데. 불과 며칠 전의 일도 그렇다. 그녀는 스멀스멀 피어오르는 몹쓸 놈의 자괴감을 꺾어버릴 요량으로 법당으로 들어가 삼배를 한다.

시나브로 요동치는 세상에서 살다 지치고 지쳐 찾아오는 이들에게 삼천 배를 하고 다시 오라 하시던 스님 닮은 부처님을 무연히 바라본다. 모든 문제의 근원은 자신으로부터 시작됨을 관하라는 메시지였을 터. 한 번 웃고 돌아설 여분을 갖지 못한 중생, 그래서 더욱 애달프다. 떠나보내지도, 받아들이지도 못하고 우물쭈물하면서 허비해버리는 시간들이 안타깝다. 어머니는 그녀가 아프고 힘들어할 때는 모른 척하시더니, 이제 와서 가까스로 다잡고 사는 그녀의 마음을 뒤흔드는 것일까. 뒤숭숭한 꿈이거나 뒤숭숭한 마음이 자꾸 얼굴을 내밀어 그녀를 혼란에 빠뜨리고 있다.

한밤중, 누군가 그녀의 등을 두들겼다. 의식을 찾는 데 통각만큼 큰 효과를 가지는 게 있을까. 우람한 손바닥으로 등을 맞는데 가슴이 찢어질 듯 아프다. 그 충격으로 망막이 어둠에서 돌아와 서서히 빛을 감지하기 시작했다. 촛불이 바람에 일렁이며 내놓는 것 같은, 희미한 오렌지빛을 감지하는 순간, 그녀는 자신이 변기를 끌어안고 있다는 것을 알았다. 양손에 전해지는 차가운 이물감이 빠른 속도로 의식을 회복시켰다.

— 힘들면 다 토해버려. 그게 더 나아.

제기랄, 또 무슨 짓을 한 거야. 의식이 돌아온 그녀는 스스로 지겹다고 생각했다. 이따위의 가학 행위는 이제 그만하고 싶다. 비틀거리는 걸음걸이로 침대에 가서 누웠다. 방금 느꼈던 수치심도, 그에 대한 연민도 더는 그녀의 의식 속으로 끼어들지 못했다. 그리고 금세 깊은 잠 속으로 빠져들었다.

늦은 아침을 준비해놓은 식탁에 앉는 그녀를 보며 그가 말했다.

— 당신, 마음 정리를 좀 해야 될 것 같아.

— 어젯밤, 너무 마셨어. 발렌타인 30년산이 나를 유혹했다니까. 아니 점심을 못 먹은 탓일 거야. 지가 무슨 술꾼이라고 ….

— 시치미 떼지 말고…. 당신 심중을 솔직하게 말해봐.

— 정말 나 아주 편안해. 자식들 건강하게 잘 자라 전방에서 나라를 지키고 있고, 남편이 성실하게 잘 살아주고,

나 하고 싶은 일 하며 만족해하고 있는데 무슨 문제가 있겠어?

— 그런데 왜 그렇게 가슴 아파해? 어젯밤에도 어머니를 불러댔어. 토하고 또 토해서 창자에 남아있는 게 없을 것 같이 토해대면서도 어머니를 불렀잖아.

— 내가 그랬어? 아무 생각도 안 나는데. 어린애도 아닌 이 나이에 무슨 엄마를 찾아? 내 인생에서 어머니가 필요한 순간은 없었어. 아니, 어머니의 따뜻한 손길이, 그런 마음이라도 읽고 싶었던 간절한 시절이 있었어. 하지만 지금은 아니야.

— 그럼 무의식을 정리해.

— 에이, 무의식까지 어떻게 정리를 해. 그건 내가 어찌할 수 있는 영역이 아니잖아.

— 의식의 문제를 해결하면 무의식까지 바꿀 수 있어. 어머니도 생각이 있어서 당신에게 주고 싶어 하실 텐데 그리 거절할 필요는 없잖아.

— 나는 싫다고, 지금에 와서 빚을 지고 싶지 않아.

— 그걸 빚이라고 생각하는 건 꼬인 생각이야. 아무튼 괴로워하지를 말든가.

- 그건 술 탓이야.

- 어머니 입장도 좀 생각해 봐.

- 그것은 어머니의 문제야. 당신도 나를 다 안다고 생각하지 마.

그녀는 어머니의 돈을 받았을 때 두 사람 사이에 생기는 비밀이 싫다. 그 비밀을 형제들이나 아버지가 알게 된다면, 어머니에 대한 오해도 생기겠지만 떳떳하게 살아온 자신의 삶이 의심받는 게 싫다. 그토록 잘 버텨온 생이 돈 몇 푼으로 누추해지는 것은 원치 않는다. 주말이 되면 텅 빈 기숙사에 혼자 남기 싫어서, 그래도 집이라고 찾아갔다가 동생들 뒤치다꺼리나 하고 당신 하소연만 듣다가 도망치듯 돌아올 때, 어머니는 호주머니 뒤져 동전 한 닢 들려주지 않았다. 어미는 무엇이든 자식에게 주고 싶어 안달인 사람 아닌가. 그녀의 환상일까. 그때 만일 고생하지야, 견디면 좋은 일도 있을거여. 단 한 마디만 해줬어도, 안타까운 눈빛으로 바라보기만 해주었어도, 어깨 한 번만 토닥여 주었어도… . 그녀는 그에게 자신의 마음을 설명하기가 어렵다. 누군가에게 자신을 이해 받으려면 상대 또한 같은 경험을 가진 사람이어야 한다. 이해는 경험이 아니다. 그 틈새에서 오는 잘못된 견해는 상대방을 더 오해하게 한다. 평범한 가정에서 부모의 사랑을 누리며 자란 그가 아내의 상처에 공감할 수 있을까. 더구나 그는 섬세하고 감성적이지도 않다. 그런 그가 어머니의 돈을 받으면 자신이 지켜온 것들이 무너져 버릴 것 같다는 그녀의 심정을 얼마나 이해해 줄까.

해가 지기 전의 남강 유등 축제 현장은 볼거리도, 별 의미도 없다. 등은 불을 켜야 제 가치를 드러낼 수 있으니 어둠을 기다려야 한다. 그럼에도 입장권을 구하는 사람들의 행렬은 끝이 없다. 강 주변의 주차장은 혼잡하기 이를 데 없어서 차가 부딪치는 소리, 경찰차의 사이렌 소리, 호루라기 소리, 같이 온 연인을 찾는 휴대폰 소리, 손을 놓친 아이를 찾는 부모의 소리들로 아수라장을 방불케 한다. 그렇지. 아이는 부모의 손을 놓쳐서는 안 되지. 치맛자락을 움켜쥐고서라도 따라다녀야 해. 슬그머니 손을 놓칠 수도 있지만 여기, 잠깐만 있으라는 말을 믿어선 안 돼.

기차역 광장에서 어머니의 말을 믿었지. 화장실에 다

녀올 테니 꼼짝 말고 서 있으라는 말을. 물끄러미 선 채 당신이 사라진 곳만 하염없이 바라보았어. 세찬 바람에 온몸이 꽁꽁 얼어붙어도 그 자리에서 움직이면 안 될 것 같아 꼼짝 않고 서 있었지. 사방을 둘러봐도 당신은 보이지 않고, 인파를 좇던 아이는 목을 늘이다 지쳐갔어. 이대로 돌아오지 않으면 어쩌나 하는 두려움이 몰려오고 울음이 솟구쳤지만 이를 앙다물고 참았지. 주먹으로 눈물을 훔치며 분주하게 오고 가는 사람들을 놓치지 않으려 두 눈을 부릅떴어. 행여 어머니가 나를 발견하지 못하고 지나치면 어쩌나. 해가 지고 어둠이 몰려와도 어머니는 오지 않고 극도의 두려움에 아이는 온몸을 부들부들 떨다가 그 자리에 쓰러지고 말았지.

금방 온다는 말은 거짓말, 거짓말이었어. 어쩌면 그때부터의 기다림이 지금까지 이어지는지 모르지. 어머니를 보면서도 제대로 받아들이지 못하고 있으니. 그 기억은 평생 어머니를 어머니로 믿지 못하게 하는 마음의 빗장이었지. 방금 손을 놓친 아이를 불러대던 엄마가 너댓 살로 보이는 아이를 끌어안고 등을 토닥이고 있다. 안심이 된 아이가 아앙 울음을 터뜨린다. 그녀는 가슴이 답답해져 한숨을 쉬며 그의 팔을 꼭 붙잡는다. 그는 아내의 이런 행동을 좋아한다. 가장으로서는 그다지 내세울 것 없는 남자가 이럴 때에는 아내를 보호하고 있다는 착각을 일으키는지도 모른다. 그러나 그녀는 잠시만 한눈팔면 그를 놓칠 수 있다는 것을 알기 때문에 그악스럽게 그의 팔을 붙들고 있을 뿐이다. 다시 놓쳐서는 안 되기 때문에.

가을날의 황혼은 확실히 짧다. 줄을 서서 입장권을 사고 진주성으로 향하는 동안 어둠이 오고 남강 위의 조형물들은 일제히 불 속에서 살아난다. 낮에는 한갓 쓰레기처럼 널브러져 있던 조형물들이 오리, 공작, 코끼리와 호랑이, 용의 동물들로 화려하게 되살아나 사람들의 시선을 끌고 있다. 여기저기서 풍악이 울리고, 조악한 분수 쇼 앞에는 어린 연인들이나 아이의 손을 잡은 젊은 부부들이 모여 앉아있다. 그녀는 혼잡한 인파 속에 있는 것도 마땅치 않지만 화려한 색색으로 현혹하는 조형물들에도 싫증이 난다. 저것들은 불이 꺼지면 금세 플라스틱으로 전락하고 만다. 불빛을 빌어 화려하게 빛나는 정도가 강렬한 것일수록 그 조악함은 심하다. 진짜가 아닌 것을 감추기 위한 위장술은 그만큼 정교하면서도 교묘하다.

누군가 거짓을 사용했다면 그것은 자신을 위한 무기였을 테다. 그것은 진실보다 화려하게 반짝이며 눈길을 끌지만 다가가 보면 조악하기 이를 데 없다. 멀리서 봐야 아름다운 것들, 적절한 거리를 유지해야 이어지는 관계들, 그런 것들은 셀 수 없이 많다. 가족이라고 예외는 아닐 터. 그녀의 형제들이 그랬고, 어머니가 그랬다. 여기는 네 자리가 아니야. 우리들이 둘러놓은 선을 넘어서면 안 돼. 그녀가 공평하게 할 수 있는 것은 부모의 생일이나 형제들의 대소사에 참석하는 정도. 빛을 제외하면 플라스틱이나 고무풍선만 남는 축제처럼. 표면적으로는 형제지만 그들의 내밀한 관계 속으로는 틈입해 들어갈 수 없는 이방인. 그 간극을 넘어서려 무던히도 애썼던 지난 시간들이 떠올라 쓴웃음을 짓는다. 그래, 성골과 진골의 역사가 괜히 있었던 게 아니지. 형제들은 그렇다 치고 어머니는 왜 그렇게까지 해야 했을까. 가장 아픈 자식이어야 하는데, 가장 냉정하게 방치했던 이유가 뭘까. 남강 전체에 떠 있는 조형물들이 이제 이물스럽기까지 하다. 표피와 내용의 이질성이 주는 극단의 간극에 구역질이 날 것 같다.

그녀는 논개 사당과 촉석루 앞의 의암바위를 생각하며 3km쯤 걸어 진주성에 도착했다. 그러나 야간에는 문이 닫혀 허탈하게 돌아선다. 촉석루 앞 강물에는 논개의 조형물이 떠 있고, 그로부터 조금 떨어진 곳에 자유의 여신상도 있다. 논개와 자유 여신상, 어떤 상관성이 있을까. 진주성은 적장을 안고 강물로 뛰어든 논개의 이야기가 윤색되어 사람들의 관심을 더 끌어왔을 것이다. 논개를 소환하는 진주성의 축제에 와서 의암바위를 만나지 못하고 가다니. 아쉽다는 생각이 들자 그녀는 돌연히 몸을 돌린다. 오던 길을 되짚어 닫힌 출입로가 있는 의암바위 근처의 성곽으로 간다.

가슴께에 닿는 성곽에 몸을 기대고 목을 길게 늘여 강물을 바라본다. 아득하지만 고등학교 수학여행 때 처음 온 것을 계기로 너댓 번 왔던 곳이라서 바위의 위치, 모양이 대략 짐작된다. 작년 가을에는 축제 기간이 끝난 뒤 와서 의암바위에 앉아 한가롭게 햇볕을 쬐다가 가기도 했으니. 눈이 어둠에 익숙해지자 저만치 어둠 속에 있는 바위와 물살을 이루는 강물이 보인다. 주변의 풍광이 그녀 속으로 들어오자 소란스러운 소리들 속에서도 간간이 침묵의 시간이 열린다.

적장과 손가락을 끼고 저 바위 위에 섰을 때, 그 여인은 무슨 생각을 했을까. 그 순간엔 오로지 일심이었겠다. 이 자를 저 강물로 빠뜨려 살아남지 못하게 하는 것. 그 분노가 얼마나 컸으면 자신의 목숨까지 담보 삼았을까. 나라 잃은 울분이 의로운 여인을 저 벼랑 끝에 서게 했을지, 여인을 희롱하는 사내에 대한 분심이 그를 끌어안고 물속으로 뛰어들게 했을지. 이유가 무엇이든 한 사람으로서의 자존을 지키기 위한 행위였다. 절벽에 서서 유유히 흐르는 푸른 강물로 뛰어든 여자가 자랑스럽고 애처롭고 그립다. 마음이 싸아해진다.

한 소녀도 백척간두의 벼랑에 서서 한 발을 떼어야 할지 몰라 마음 졸이던 때가 있었다. 졸업하고 벌어서 갚으면 되지. 세상엔 이렇게 좋은 사람도 있구나. 대학 등록금을 받아든 늦은 저녁, 친구의 아버지는 저녁을 사주더니 어딜 좀 같이 가달라고 했다. 소녀가 따라가 멈춘 곳은 여관 앞이었다. 그때에야 비로소 암호 같은 말들이 해독되었고, 소녀는 들고 있던 현금 봉투를 내던지고 이모 집으로 도망쳤다. 사냥꾼의 화살을 피해 허겁지겁 쫓겨

들어온 소녀를 받아준 것은 이모였다. 세상이 그렇단다. 세상이 어떻게 그래요? 민달팽이의 여린 촉수 같은 소녀의 가슴은 밤새 눈 내리는 소리에도 화들짝 놀라곤 했다. 가까스로 맘을 다져먹고 돌아간 소녀에게 어머니가 그랬던가. 가시나가 세상물정을 그리도 모르냐. 저 독한 년이 기어이 대학 가겠다고 설치더니만⋯. 어머니는 소녀가 경험한 일을 알고도 그렇게 말했던 것일까. 이모가 아는 사실을 어머니가 몰랐을 리는 없을 텐데. 이 의심은 평생 그녀를 따라다녔다. 마치 낭 속에 숨어있는 포자처럼 웅크리고 있다가 어느 땐 부풀려지고 어느 땐 오므라들곤 하면서.

뾰쪽한 절벽에 맨발로 서서 두려움에 떨던 소녀가 비로소 모습을 드러낸다. 소녀가 옛 여인을 따라간다. 얘야, 나를 따라와선 안 돼, 그만 돌아가. 옛 여인이 애잔한 눈빛으로 손사래를 친다. 저 눈빛, 사랑의 눈빛, 어머니의 눈빛이다. 어렸을 때 내 영혼은 이미 버려졌는걸요. 버린다고 버려지는 게 아니다 얘야. 너는 스스로를 버리지 않았잖니, 자신만이 결정할 수 있단다. 갑자기 강 건너편 공원에서 폭죽이 피어오른다. 사람들의 환호성 속에서 환한 빛이 공중에 머물다 떨어질 때 그녀 앞의 환상도 사라진다.

돌아오는 버스 안에서 그녀는 만월에 비친 겁외사의 이정표를 본다. 그리고 버스가 그 옆을 지나갈 때 소슬한 달빛을 품은 대웅전의 고즈넉한 모습을 일별한다. 그 시선의 끝자락 즈음에 그녀에게 등불 하나가 점화되더니 수많은 남강의 유등처럼 도열해간다. 거짓이라 진저리 쳤던 남강의 유등은 그녀에게 대체 무엇이었나. 거짓과 사실은 진실을 매개로 몸 바꾸기가 얼마든지 가능한 것인가. 환의 세상에서 사실이라는 고정된 무엇이 있기는 있는 것일까. 등불은 그저 낮과 밤을 수없이 지나온 그녀의 영혼에 들앉아 환하게 밝혀주고 있을 따름이다.

– 어머니의 마음은 잘 받았으니 돈은 어머니 쓰고 싶은 대로 쓰세요. 평생 고생하며 사셨으니 이제 하고 싶은 것 다하며 즐겁게 사셨으면 좋겠어요.

– 그것은 네 마음이고, 내 마음은 그렇지 않다.

– 엄마보다는 내가 더 많이 누리고 살잖아요. 그러니 내 마음도 받아주세요.

- 너는 끝내 나를 아프게 하는구나.

말의 힘이라니! 수렁수렁 마음에 균열이 일기 시작한다. 나도 어머니에게 마음을 아프게 하는 자식이었다니!

- 네가 결혼한 후에 20만 원을 빌려 달라 했을 때, 그것도 없어 주지 못한 것이 가슴에 맺혀서 그런다.

- 엄마! 내가 언제 그랬다고……

그녀는 당혹스럽다. 혼자 살 때에도 도와주지 않았고, 도움 청하는 것을 무색하게 생각하는 자신이 결혼 후에 손을 내밀었다니, 지금 어머니가 거짓말을 하고 계신다. 그런데 어머니의 말투가 너무 진지해서 결코 꾸민 말 같지 않다. 그녀는 어리둥절해서 생각이 나아가지지 않는다. 언제 그랬느냐 따질 수도 없고, 받지 않겠다고 설득할 자신도 없다. 천연덕스럽게 거짓말을 하는 어머니의 말이 참말처럼 느껴져서 어느 것이 진실인지 가려봐야 소용없을 것 같다. 그렇다면 그녀에게 분명히 존재하는 유년의 기억은 무엇인가?

- 이 통장은 네 몫이다. 내가 언제 죽을지 모르잖냐. 네가 가져가지 않으면 어디에 두어봐야 잊어버리고 말 것이다. 지금도 기억이 깜빡깜빡할 때가 있어.

너스레를 떨지도 못하는, 꼭 닮은 모녀가 더는 할 말을 잃은 듯 대문께로 시선을 둔다. 선홍빛으로 무르익은 감나무의 감이 가을 햇살에 반짝인다. 소리 없는 바람이 지나가는지 단풍 든 나뭇잎이 공중제비 돌다 떨어진다. 누가 손대지 않았을 텐데도 감은 성글게 매달려 있다. 그녀가 어렸을 때는 이 마을 근처에서 가장 풍성한 열매를 맺었던 나무였는데. 드문드문 죽어가는 가지도 보인다.

무릎 위에 머물던 가을 햇볕이 어느새 마루에 걸터앉은 그녀와 어머니의 얼굴에 와 있다. 온몸을 비추는 따사로운 볕이 두 사람을 혼곤하게 한다. 그녀가 부신 눈을 손으로 가리며 어머니를 바라본다. 굵은 주름 사이로 볕이 파고들어 작은 땀방울이 맺혀 있다. 어머니의 마음은 어떤 것일까. 평생 그 마음을 알지 못했다. 보려 하지 않아서 못 보았는지, 보여주지 않아서 못 보았는지 알지 못한다. 그녀에겐 어머니와 단둘이 앉아 있는 이런 풍경이 낯설어 현실이 아닌 것처럼 느껴진다. 마치 첫 경험의 순간 같다. 너와는 상관없이 내 말을 하겠다는 결기를 드러낼 때와는 달리 어머니 또한 잠잠하다.

─ 어머니, 나 어렸을 때, 기차역에서 왜 그러셨어요?

몇십 년 동안 묵힌 말, 수 없이 묻고 싶었지만 묻지 못했던 말을 꺼냈지만 어머니는 대꾸가 없다. 고개를 돌려 보니 꾸벅꾸벅 졸고 있다. 갓난아기가 배냇짓을 하듯 허물어져 합죽해진 입가에 미소까지 지으면서.

그녀가 평생 믿고 있었던, 역 광장에 홀로 서 있던 아이는 스스로 만들어 낸 환상이었을까. 어머니와 형제들이 그녀를 밀어낼 때마다 구차스럽고 싶지 않은, 자존감을 잃지 않으려는 아이의 자기 보호 본능이 만들어 낸 꿈. 그럴 리가 없다. 어머니는 자신의 거짓말을 덮어버리기 위해 지금도 거짓말을 하고 있을 뿐이다. 사악한 생각들은 언제나 맘대로 와서 지들끼리 다툰다. 그녀는 차마 더 묻지 못한다. 치명적인 상실이 두렵기 때문이 아니라, 이제 봉인된 상자의 내용물에 미련이 없기 때문이다. 궁금한 것들을 다 물을 수는 없는 일이다. 거짓말이 거짓말이 되지 않으려면 네 자신이 속으면 돼. 그녀는 이제 유년의 기억이 사실인지 아닌지 중요하지 않다.

집으로 돌아오는 길, 운전을 하다가 무심히 눈길이 간 조수석 앞에 통장이 떨어져 있다. 어머니는 통장을 푸성

귀와 함께 들고 와 차 안에 던져두셨다. 노인네의 집요함은 당할 재간이 없어. 그녀는 잠깐 망설이다 갓길에 차를 세우고 통장을 열어본다. 그 속에는 어머니가 수년 동안 적금을 부었다가 찾은 계산서와 함께 비뚤비뚤 눌러쓴 글씨, '미안허다, 용서해 주거라'가 들어 있다. 이제 뼈마디가 굳어 연필조차 옹색하게 잡았을, 한 여자의 손끝을 통해, 처음 세상으로 나온 글씨는 주인의 마음만큼이나 서툴러 줄을 맞추지 못하고 제멋대로였다.

코로나 시대의 싱글 라이프

이진

코로나 시대의 싱글 라이프

이진

퇴근 시간이 다가오니 머리가 지끈거린다.

내가 뱉은 이산화탄소를 하루 종일 내게 다시 되먹이는 마스크 때문만은 아닐 것이다. 퇴근 이후 갈 수 있는 데가 오직 집뿐이라는 것, 집엔 과거 회귀에의 의지와 건강염려증이 유별난 아버지 외엔 아무도 없다는 것, 아버지와의 대면을 피해 방문을 닫아봐야 손전화를 만지작거리는 것 말고는 별다른 할 일이 없다는 것….

코로나 비상시국을 맞아 언젠가부터 내 퇴근 시간 알람을 자처하고 나선 아버지의 문자들이 여느 날과 똑같이 날아들고 있다. 난 굳이 열어보지 않는다. 제대로 확인해보나 마나 맞춤법이며 띄어쓰기는 엉망일 거고, 종결어미나 문장부호 따윈 아예 없을 거고, 명령과 요구로 일관되는 무례한 문자들일 것이다.

그 점에선 재택근무를 할 때가 좋았다. 퇴근 시간에 딱 맞춰 성가시기 짝없는 문자들을 받을 일은 없었으니까. 하기야 그때라고 좋았을까? 말이 재택근무지, 회사 컴퓨터로만 접속 가능한 시스템을 집에다 그대로 옮겨놓은 탓에 일하는 시간과 일의 양 등이 속속들이 체크 되는, 그야말로 빅브러더의 매눈에서 절대로 벗어날 수 없는 상황에서 아버지는 아무 때나 벌컥벌컥 내 방문을 열어 젖히곤 했다. 청소하자, 빨래 개라, 행주는 삶았냐 등등 한창 근무 중인 나를 노는 사람 취급하며 집안일로 불러 내려고 말이다.

그야말로 2m 거리 두기가 절대로 실행될 수 없는 재택근무의 구조적 아이러니 속에서 코로나 바이러스가 우릴 아는 척 하진 않으리란 막연한 기대로 버틴 그 몇 주 동안, 얼마나 강렬하게 회사를 그리워했던가? 사회적 거리 두기가 1단계로 내려앉고 재택근무 종료가 선언되던 날, 아버지와의 길고 지루한 대면에서 벗어난다는 기쁨에 얏호, 환호성을 터뜨리기까지 했더랬는데…!

"정 대리! 퇴근 후 약속 있어? 특별한 일 없음 커피 한 잔 어때?"

가방을 챙겨 들고 막 일어서려는데 칸막이 건너에서 피엘(part leader)이 눈을 찡긋했다. 예전처럼 무람없는 눈빛임에도 그리 반갑지 않다. 입사 동기에다 같은 나이여서 친구처럼 가깝게 지낸 편이었는데, 언젠가부터 생겨난 서먹함이 아직도 나와 그녀 사이에 흐르고 있는 모양이다. 그녀가 나보다 먼저 승진하여 내 직속 상사가 되어버린 탓일 수도 있고, 또 코로나 19 확진자 수 증감에 따라 출근과 재택 등 근무상황이 서로 엇갈려 대면 시간이 줄었기 때문일 수도 있겠다.

"어, 특별한 약속은 없지만…, 무슨 일 때문인지, 파트장님?"

문득 깨닫는다. 내 공손한 대꾸에 빈정거림이 묻어있음을. 입사 초기 때 직위 명칭 없이 누구누구 님이라고 부르던 시절엔 서로의 내면에 불꽃 튈 일이 없었다는 사실을. 그러니까 우리 사이에 급격한 거리감이 만들어진 건 그녀가 내게 유리님 대신 정 대리라고 부르면서부터였다는 걸.

"그럼 모처럼 만에 단둘이 데이트 어때? 길 건너 카페에 야외 공간이 생겨 나름 안전하다고들!"

내 꼬인 맘을 아는지 모르는지 그녀가 성큼 앞장을 섰
다. 입사 초기엔 모닝커피도 점심 식후 커피도, 그리고
퇴근 후 수다 커피까지 하루 세 번 정도는 함께 커피를
홀짝이곤 했었는데….

"무척 오랜만이네."

"그러게나."

존대어도 반말도 아닌 어정쩡한 말투가 어색스럽다.
바깥 공기는 제법 쌀쌀했다. 가로수들도 언젠지 모르게
갈빛이 들어 어스름 깔리는 초저녁 거리는 사뭇 몽환적
이었다.

오랜만에 찾아든 카페는 예전의 그 카페가 아니었다.
좁은 실내 공간에 다닥다닥 붙어있던 테이블이 확 줄고,
대신 창가 쪽으로 빙 둘러 1인 좌석이 적절한 거리를 유
지하며 놓여있다. 초록 잔디가 시원스럽던 통유리 밖 풍
경도 사뭇 달라졌다. 사진 찍기용 소품처럼 놓여있던 하
얀 테이블 이외에도 넓은 파라솔을 펼쳐 고적함을 드리
운 원목 테이블 몇 개가 더해져 있다. 파스텔 톤의 가을
꽃들이 초록 잔디 사이에서 살랑거리고, 테이블 위엔 불

을 밝힌 색색의 향초들이 반짝거렸다.

우와, 나도 모르게 탄성이 흘러나왔다. 코로나 시대에 살아남기 위한 고군분투의 흔적일 테지만, 성공적인 변신임엔 틀림없다. 2020년, 갑작스레 탄생한 신생 인류 '호모 마스크엔스'들의 열린 공간 선호를 제대로 겨냥했다는 점에서.

"뭘로 할까?"

주문대 앞으로 직진하던 그녀를 누군가 막아섰다.

"손님, 체온부터 체크 하시고 여기다가 QR코드도 찍어 주셔야 하는데…."

자연스럽게 그녀의 뒤를 따르던 나 역시 일련의 의례를 위해 멈춰 섰다. 그러고 보니 우리 앞으로 줄 선 이들이 한둘이 아니었다. 어이없는 조바심이 일었다. 순서를 기다리는 사이 야외 테이블이 꽉 차버리면 어떡하지?

발열 체크 카메라에게서 정상 체온이라는 진단을 받고, 방문 기록을 남기기 위한 QR코드를 막 찍으려는 찰나 전화벨이 울렸다. 아버지다. 하필 이런 때? '회의중입니다. 잠시 후 전화드리겠습니다.' 수신거절 문자 중 하나를 골라 전송하는 동안 뒤통수가 몹시도 따가웠다. 주문대 앞에 선 그녀가 날 돌아보았다. 인식기에다 얼른 코드를 찍고, 손 소독제를 비벼 바르며 눈에 띄는 대로 메뉴를 골랐다.

"난 밀크티로!"

"어머! 벌써 몸 생각할 나이는 아닌데…"

그녀가 샐쭉 웃었다. 오로지 에스프레소만 외치던 예전의 나를 떠올린 모양이다. 그가 좋아하는 건 뭐든 싫어하게 된 걸 그녀가 알 리 없지. 답례 삼아 설핏 웃어주며 난 서둘러 야외 공간으로 나갔다.

다행스럽게도 빈 테이블이 하나 남아있다. 먼저 자리를 차지한 이들이 마지막 행운을 거머쥔 신참자를 어딘지 못마땅한 눈빛으로 훑어보았다. 어쩌면 자기도 모르는 사이 의심의 포로가 되어버린, 감염병 대유행 시대의 표준 눈빛일지도 모른다. 저 인간은 바이러스 매개체일 것인가, 아닐 것인가?

이럴 땐 도도한 낯빛과 당당한 발걸음이 최상이다. 난 너희와 같은 정상인이야, 바이러스 전파가 약화된다는 야외 공간을 확보했지. 그러니까 너희와 난, 지금 이 순간 동일한 기득권자, 함부로 째려보지 마!

무슨 시위라도 하는 사람처럼 획획 바람을 날리며 빈 자리로 찾아들었다. 그리고 마침내는 마스크를 벗는 것으로 정점을 찍었다. 하루 종일의 마스크 부착이 턱 주변에다 벌건 뾰루지로 점점이 새겨 그린 점묘화를 함부로 공개해도 될까 싶은 망설임이 일었지만, 과감하게! 먹고 마시는 행위만이 마스크로부터의 탈출을 가능케 하리라, 진리가 주는 자유를 만끽하고자!!

그럼에도 켕기는 맘을 어쩔 수 없어 슬그머니 돌아보았다. 자리에 앉아있는 다른 이들도 나와 크게 다르지 않은 듯했다. 치밀하거나 성글거나의 차이는 있지만 접촉성 피부염 때문에 턱 주변에 돋아난 벌건 점들도, 그걸 드러낸 채 마스크를 벗고서 슬금슬금 주변의 눈치를 살피는 것도…. 순간 훅 밀려드는 그들과의 동질감에 깊은 안도를 느꼈다. 휘유!!

가방에 넣어둔 손전화를 꺼냈다. 아버지의 문자를 확인하거나 전화를 걸 생각은 물론 아니었다. 그저 손이 허전해서라고나 할까? 그 사이 아버지로부터 열댓 개의 문자가 날아와 있다. 참으로 끈질기기도 하지. 문득 느닷없고 쓸모없는 의구심이 솟구쳤다. 고통스럽고도 질기게

이어졌던 어머니의 투병 생활이 어쩌면 아버지의 이런 끈질김 때문은 아니었을까? 아버지 시대의 남자들에겐 기대되지 않던, 지극하기 이를 데 없던 간병을 어머니는 과연 감사하는 마음으로 받아들였을까?

"고객님, 마스크를 착용해 주셔야 하는데요."

하아, 내면으로의 침잠은 잠시도 허용되지 않는 것인가? 마스크를 벗은 채로 당당한 다른 탁자의 손님들을 쓱 훑어보며, 아르바이트생임에 분명한 청년에게 다소 짜증 섞인 말투로 항의했다.

"저분들도 다 벗고 있잖아요?"

"아, 저쪽은 메뉴가 이미 나왔거든요. 음료가 나올 때까지는 마스크를 착용하도록 되어 있어서요. 죄송합니다."

청년은 엄청난 실수라도 저지른 사람처럼 쩔쩔매면서도, 저들과 내가 진정한 동류가 되기 위해선 아직 절차가 남아있음을 명확히 했다. 잠깐 누린 자유를 마스크 안쪽으로 서둘러 구겨 넣어야 했다. 하지만 그리 긴 시간이 요구되진 않았다. 이내 쟁반을 든 구원자가 나타났다.

"에휴, 사람 많은 거 좀 봐. 집합 금지다 거리 유지다 떠들어 봤자, 두 발 달린 짐승을 어찌 말려?"

시골 할머니 같은 그녀의 말투는 여전했다. 훗, 절로 웃음이 났다. 그녀의 말투 때문인지, 맘 놓고 마스크를 벗을 수 있어선지 알 수 없으나.

고소하고 달차근한 향내가 테이블 위로 놓였다. 하얀 생크림 케이크를 잔뜩 뒤집어쓴 허니 브레드가 뇌 속으로 콕 들어와 박혔다. 바삭거리는 껍질과 야들야들한 속살이 꿀 세례를 받아 더욱 강렬한 달콤에 빠져든 황홀한 순간!

대뜸 포크부터 집어 들었다. 바로 그때, 맨날 그런 거나 먹어대니 살이 찌지, 불쑥 어디선가 그의 목소리가 뛰쳐나왔다. 빌어먹을, 뭔 개소리야? 난 그의 목소리를 찍어 누르듯 허니 브레드의 도톰한 살집에다 삼지창을 박아 넣었다.

"배고팠구나? 하긴, 원래도 우리 유리님이 허니 브레드라면 죽고 못살았지!"

그녀가 피식 웃었다. 머쓱함을 숨기려고 초록빛 키위 주스가 담긴 잔을 서둘러 그녀 앞에다 내려놔 주었다. 평소의 그녀답지 않은 선택에 의아해하면서.

"어, 주스 따윈 안 좋아하는 줄 알았는데…? 하루 몇 잔이든 항상 커피 아니었어?"

"그랬지. 근데 오늘은 왠지 상큼한 키위가 땡겨."

서로의 취향을 여전히 기억하고 있다는 반가움이 자연스러운 수다로 우릴 이끌었다. 평소 별 관심 없던 회사 직원들 이야기도 수다의 소재로 채택되면 한 편의 드라마가 된다. 주식투자로 떼돈을 벌었다는 누군가는 갑자기 최고의 결혼 상대로 등극하고, 연봉 높은 직장으로 갈아타려 여기저기 알아보고 있다는 누구는 지극한 염려와 걱정의 대상으로 전락하고…. 자릴 털고 일어서면 별로 기억에 남지도 않을 뜬소문들을 주고받는 사이 예전의 친밀감이 되살아나는 듯했다. 둘 사이로 흐르던 어색스러움도 상당 부분 가시는 듯싶었다.

"사실은 부탁할 게 하나 있어서,"

그러면 그렇지, 코로나19 이전부터 지켜온 우리 둘 사이의 거리 두기가 아무 이유 없이 갑자기 해제될 리가 없지. 순간 내 표정이 굳어졌던 것일까? 조심스럽게 말을 꺼내던 그녀가 자신감 없는 표정으로 시선을 내리깔았다.

"자기 언니가 산부인과 의사라고 했던 거 같은데…?"

뜬금없는 질문이었다. 언니는커녕 동생 하나도 없는 내게, 최소한의 인적 사항 정도는 알고 지낸 지가 칠팔 년은 되는 사이에, 단둘의 만남이 아무리 오랜만이라곤 해도 좀 너무한 질문이 아닌가 싶었다.

"어…?"

"그 사촌 언니인가 있다고 하지 않았어? 청춘을 누리지 못하는 그 언니가 너무 불쌍해 보여서 절대로 의대 진학은 하지 않으리라 결심했다고, 자기가 그랬었잖아."

"아아! 그 언니? 엄친 딸!!"

어머니랑 워낙 우정 깊었던, 늘 이모라 부르며 진짜 이모보다 더 가까이 지냈던, 어머니가 돌아가신 후 조금씩 멀어져 언젠가부턴 연락도 하지 않게 된 양희 이모…. 그리움이 확 몰려왔다. 다정하고 수다스럽고 퍼주기 좋아하던 이모와 이모의 자랑거리였던 침울하고 말 없던 그 언니조차도.

"본 지가 하도 오래돼서…, 근데 왜?"

"그게 말이지, 내 친구가 임신을 했다는데…,"

그녀는 쥐고 있던 주스 잔을 빙빙 돌리면서 한동안 말

을 잊지 않았다. 친구의 임신이 자신의 인생에 무에 그리 큰 사건이라고 저리도 음울한 표정으로…? 쿨하기 짝없는 평소의 그녀와는 조금 다른 분위기가 내 궁금증을 부추겼다. 그럼에도 난 가만히 그녀의 말 없음을 견뎌주기로 했다. 입안에서 사르르 녹는 빵 조각의 부드러운 살집과 사방팔방으로 튀는 내 지레짐작을 음미하며.

"승진 심사 때 자기가 왜 나한테 밀렸는지 알아?"

그녀의 갑작스러운 화제 전환이 내 분방한 상상력을 멈춰 세웠다. 아마는 내 눈길이 그녀의 아랫배를 향해 미끄러져 내려가던, 바로 그런 찰나였다.

"승진 심사 앞두고 청첩장 돌리는 바보가 어딨어? 그래도 뭐, 결혼만이었으면 그런대로 양해가 되었겠지. 속도위반이 뭐니? 몇 개월 내로 출산휴가 받을 사람을 승진시킬 회사가 어디 있다고?"

신혼여행 중에 유산되어 여행도 신혼도 꽝이 되어버린, 잊힌 줄 알았던 기억이 아프게 떠올랐다. 자연적으로 중지된 임신은 그 한 번 만이 아니었다. 쉬운 임신과 반복되는 유산, 채 3년을 넘기지 않은 결혼 기간 동안 8~9개월 간격으로 되풀이된 일련의 사태에 그 의사 언니는

'습관성 유산'이란 딱지를 붙여 주었다. 그게 병의 이름인지 상태에 관한 설명인지 아리송했지만 내가 특이체질이라는 것만은 확실했다.

내게 휴직을 강압한 건 그의 부모였다. 내 인생에 대한 간섭이 그들의 당연스러운 권리인 것처럼 당당하게. 임신과 출산이 내 삶의 최대 목표가 되어야 한다는 듯 거침없이. 그들과 나 사이에 분명한 경계선을 긋기로 계획하면서부터 그와 나 또한 어긋나기 시작했다. 넌 체질만 특이한 게 아니라 성격도 특이한 거 같아. 거듭 중지된 임신, 끝장난 결혼, 물 건너간 승진 기회, 그런데 이제 와서 뭘 어쩌자고…?

"미안해, 그때 널 적극적으로 방어해주지 못해서!!"

무례하기 짝없는 도발에 불쾌감이 폭발하려는 순간 그녀의 맥락 없는 사과가 이어졌다. 당황스러웠다. 글쎄, 그녀가 날 방어해 줄 무엇이 있기는 했을까? 우리의 선배들 대부분이 거쳐 간 길. 시집가고 애 낳더니 프로정신이 사라졌어, 손가락질 받으며 찌그러졌다 영영 보이지 않게 된 이들이 지나쳐 간 길. 별다른 저항도 없이 흔적조차 남기지 않고 황황히 떠나간 길…, 누가 누구를 방어해준단 말인가?

이혼을 결심한 데는 그들과 같은 길을 가진 않으리란 독한 각오가 생겨난 때문이기도 했다. 나 자신에 대한 기대도 없이 어떻게 남편에 대한 기대를, 내 자궁에 진득하게 머물러줄 미래의 내 아기에 대한 기대를, 이어갈 수 있을까? 이제 난 돌아왔고 내 기대를 명확히 했다. 그러니 두고 봐라, 피엘 승진엔 너보다 늦었으나 팀장 승진에선 너를 앞지르리니!

무음으로 설정해둔 내 손전화가 화들짝 기지개를 켰다. 포기를 모르는 아버지의 전화, 난 반짝거리는 액정이 보이지 않게끔 전화기를 엎어버렸다.

"친구 얘기로 다시 돌아가서, 그니깐 뭘 도와달라는 건지?"

평소의 그녀와 다른 묘한 감상, 묘한 자책감이 부담스러웠다. 본론을 얼른 끝내고 일어서고 싶어졌다.

"그 친구, 아일 낳을 상황이 아니야. 아직 결혼한 것도 아니고…. 회사에서 나름 자기 입지를 굳혀가고 있는 마당인데 어떡하냐고 걱정이 태산이더라구."

"그니깐 아일 지우고 싶다는 건가?"

"아마도. 법령 개정을 한다 어쩐다 말들은 많아도 아직 까진 불법이니까."

"불법을 불법 아니게끔 하는 방법을 찾아달라, 뭐 대충 그런 이야기?"

그녀가 주변의 눈치를 살피며 고갤 끄덕였다. 진지하고도 간절한 눈빛이었다.

"임신 몇 주 차야? 애 아빠 되는 이도 동의했대?"

하지 않아도 되는 질문을 난 굳이 하고야 말았다. 그녀의 낯빛이 어두워졌다. 어쩔 수 없이 드러나는 정직함, 그녈 미워하면서도 철저히 미워하지 못 하는 까닭은 결코 흐려지지않는 저 솔직한 눈빛 때문이리라.

"동의를 하고 말고 할 입장이 안될걸? 여행사 직원이 었다던데…, 아마 지금은 백수가 됐겠지. 어쨌든 생활은 지속되어야 하고, 그앤 절대로 직장을 놓을 수가…, 없을 거야."

끊어질 듯하면서도 끊임없이 이어지는 그녀의 이야기 사이로 아버지의 호출 또한 계속되고 있었다. 모르쇠로 마냥 미뤄두기엔 그 집요함이 평소와 달랐다. 뭔지 모를 불안감이 슬며시 치밀어 올랐다.

"월경이 한 번 빠졌다니까 주 수는 얼마 안 될 거 같은데, 정확히는 모르겠지만…"

그녀가 잠시 숨을 고르는 그 짧은 틈을 놓치지 않고 일어섰다.

"아버지야. 아무래도 무슨 일 있나 봐. 먼저 일어설게."

그녀가 놀란 눈으로 날 빤히 쳐다보았다. 왜 하필 그 시점이었는진 나도 잘 모르겠다. '잠깐 전화 좀 받을게'라고 할 수도 있는 걸, 굳이 먼저 가겠다고 부득부득 나섰는지도. 어쩌면 그녀의 부탁이 그녀 자신을 위한 것임을 뻔히 눈치채고서 모른 척 시침 떼고 앉아있기가 민망스러워 그랬을 수도 있다. 어쩌면 내 자궁에 안착하지 못한 아기들에 대한 떨치지 못한 미련이 물안개처럼 피어오를까 봐 그랬을지도 모른다.

가물거리는 불빛 속에서 그녀의 그림자가 손을 흔들었다. 댕그러니 남겨진 가늘고 길고 흔들리는 그림자….

"알아보고 문자 줄께!"

흐늘거리는 그림자에게 막연한 약속을 남기고는 카페를 나섰다. 수많은 차량이 줄지어 늘어선 거리는 휘황하고 찬연했다. 바람끝이 제법 쌀쌀했다. 충분히 물 들지 않은 갈잎 하나가 팽그르르 내 발등 위로 떨어져 굴렀다.

"왜요? 회의 중이라고 했잖아요?"

전화기 너머의 아버지를 향한 내 목소리엔 약간의 짜증이 실렸다.

"아무리 회의 중이라도 문자에 답은 줘야제. 오늘이 뭔 날인지 참말로 잊어분겨?"

순간 머리를 때리고 지나가는 뜨거운 번개, 어머니의 기일이었다. 아버지는 올해를 마지막으로 더는 방안 제사를 지내지 않겠다고 했다. 돌아가신 지 3년 차, 그러니깐 전통적인 의미에서의 탈상을 선언한 셈이었다. 일찍 퇴근하라고, 반 차라도 낼 수 있음 내고 오라고 아침 출근길에 신신당부했건만 까맣게 잊고 말았다.

"잊어부릴 걸 잊어야제. 니 에미가 니한테 어뜨케 했는디…."

하아, 귀에 딱지가 앉을 만큼 수없이 들어온 아버지의 잔소리가 또다시 시작될 참이었다. 세상천지 니 에미 같은 에미가 어딨다드냐? 딸년 결혼 날짜 받아놓고 행여 몹쓸 짓 할까 봐 하루하루 얼매나 용을 쓰고 살아냈는디…, 휠체어 아니면 한 발짝도 못 뗄 처지에도 기어코 화촉을 밝혀준 그런 에미가 아니더냐?

그럴 때마다 마음 바닥에 괴어오르던 몇 마디를 난 여전히 아버지께 쏟아내지 못했다. 그럼요, 그럼요. 덕분에 결혼식은 눈물바다가 됐고, 결혼 생활 역시 영영 눈물로 끝났지요.

하지만 아버지의 반응은 예상 밖이었다. 추궁은 구구절절 이어지지 않았다.

"회사 일 땜에 그리됐다니 더는 말 않겠다마는, 여튼지 서둘러 와라."

평소와 다른 부드러운 말투, 차분한 음성, 너그러운 이해심까지, 따스함 같은 게 가슴 가득 차올랐다. 4년을 꼬박 채운 어머니의 기나긴 투병 생활 동안, 손발처럼 곁에 붙어 온갖 시중을 다 든 아버지가 아니던가? 제발 보내 줘요. 어머니의 간절한 요구에 굵은 눈물방울로 대답을 대신하던 아버지가 아닌가? 몸을 놓아버린 어머닐 요양병원에다 맡기려고도 하지 않던 아버지가 아닌가? 난 문득 가슴이 아리고 또 부끄러워졌다. 고분고분한 대답이 절로 흘러나왔다.

"죄송해요. 금방 갈게요!!"

지나가는 택시를 향해 손을 흔들며 통화종료 버튼을 눌렀다. 사실은 소개시켜 줄 냥반도…. 전화기 속에서 아버지의 목소리가 점멸했다. 집에 가면 분명 한 소리 들을 게 뻔했다. 버르장머리 없이 어른이 전화를 끊기도 전에 어쩌고 저쩌고…. 하지만 아버지의 나무람에 대한 걱정보다는 마지막 말에 대한 궁금증이 날 사로잡았다.

내게 소개할 사람이라니? 어머니 제사라고 올 만한 손님은 사실 없었다. 우리가 기별하지 않는 한 친척들 누구도 날짜를 기억해 스스로 발걸음할 사람은 없다. 아니 그렇더라도 친척 중 누군가가 왔다면 굳이 소개라는 말을 쓸 필요가 없을 것이다. 뒤늦게 확인한 아버지의 문자들에도 누가 온다거나 누굴 초대하겠다거나 하는 말은 보이지 않았다. 여튼 난 상당 분량의 죄책감과 약간의 궁금증을 안고서 택시에 올라탔다.

나무랄 데 없이 갖춰진 제사상이었다.

높게 쌓아 올린 두툼한 떡이며, 오색 재료를 가지런히 맞춰 지진 전은 물론, 노랗고 하얀 달걀 지단을 가늘게 썰어 고명으로 얹은 불고기며 찜 요리들에다 각색 나물, 그리고 반질반질 윤나는 과일에 이르기까지, 정갈함을 넘어서는 기품이 넘쳤다. 아름다웠다. 아무리 뜯어봐도 아버지 솜씨일 리는 없었다.

"어머, 세상에나! 어디다 맡기셨길래?"

늦은 데 대한 변명보다, 혼자서 애쓰셨겠다는 치하보다 궁금증이 먼저 쏟아졌다. 상황에 어울리지 않는 장난기마저 솟구쳤다.

"오, 울 아버지! 대단해요. 집안에서 지내는 마지막 제사라고 온갖 정성을 다 들이셨네!"

아버진 약간 경직된 입매를 허물다 말았다. 종일 무신경하게 대응했던 나에 대해 화가 난 탓이리라 싶어 서둘러 변명을 늘어놓았다. 하지만 거기에 대해서도 아버지는 별다른 반응을 보이지 않았다. 술을 올리라는 말도, 절을 드리란 말도 하지 않았다. 그러니까 당장은 제사 예식 자체를 시작할 생각이 없는 듯이 보였다.

뭔가에 사로잡힌 듯한 무신경, 누군가를 기다리는 듯한 초조함, 아버진 그야말로 건성이었다. 이미 남이 되어 버린 그를, 그러니까 한때 아버지의 사위였던 내 전 남편을 기다리는 건 설마 아니겠지 싶으면서도, 나도 모르게 위축이 되었다. 문득 겁이 났다. 집안에서조차 휠체어가 아니고선 한 발짝도 못 움직이게 된 어머니가, 기저귀가 아니고선 대소변을 절대로 해결할 수 없게 된 어머니가, 아버지의 갸륵하고 끈질긴 사랑에 대해 식음전폐라는 마지막 시위로 답했던 며칠 동안, 절망적으로 '그러지 마, 제발!' 외쳐대던 아버질 또 보게 될까 봐. 어머닐 추모 공원에 안치하던 날, 터진 둑처럼 마구 허물어져 내리던 아버질 또 보게 될까 봐.

그때 어디선가 전화벨이 울렸다. 아버지의 것이었다.

"어찌 되셨소? 딸내미가 인제사 왔소마는…. 아이구, 저런! 설마 그럴 리가…?"

아버진 맥락 없이 뚝뚝 끊어지는 얘길 주고받으며 슬그머니 방문을 열고 나갔다. 상대와의 사이에 내가 들어선 안 될 얘기라도 있다는 건가? 평소답지 않은 아버지의 모습이 다소 의아스러웠다. 정중함, 다정함, 그리고 염려가 묻어나는 말투조차도. 누구와의 통화인지 도무지 감을 잡을 수 없었다.

어머니 간병을 이유로 명예퇴직을 하고 난 이후 아버

지의 사회적 관계망은 급속히 축소되어, 전화 통화를 주고받을 정도의 사이는 내게도 대부분 알려진 이들이었다. 에구, 지레 걱정할 것까지야…. 상대를 안심시키는 건지 자신의 걱정을 억누르는 건지 모를 아버지의 말소리가 차츰 멀어졌다. 그러고는 더 이상 들리지 않았다.

영정 사진 속에서 웃고 있는 어머니와 눈이 마주쳤다.

너만 아니었음 니 아부지랑 진작에 갈라섰제. 탕탕 큰소리 치더니만 셋집이고 패물이고 왼갖 것이 다 빚이더란 말이다. 세상에나, 그때 내가 까딱 맘 한번 잘못 먹었음 요로케나 이쁘고 귀한 내 새끼 지워불 뻔 했제.

어머니는 입버릇처럼 말하곤 했다. 당신 인생에서 젤 후회되는 건 동생이 줄줄이 딸린 가난한 집 장남과의 결혼이었다고. 그리고 당신 인생에서 최고로 잘한 일은 낙태냐 결혼이냐의 갈림길에서 낙태를 선택하지 않은 것이라고. 어머니의 비논리가 도달하는 지점은 늘 나의 존재였다. 한 자녀 출산을 국가시책으로 삼았던 그 시절엔, 낙태가 권장되고 불임시술이 장려되던 그 시절엔, 여성들의 임신 중지는 불법도 뭣도 아니었다고, 그럼에도 날 없애는데 필요한 딱 3분을 차마 결심하지 못해 돌아선 그 순간이 당신 인생의 최고 순간이었다고.

문득 뭔가가 가슴을 훑고 지나갔다. 그녀, 키위 주스를 홀짝이며 속이 불편한 듯 끄르륵대던 그녀. 임신한 친구가 걱정되어 알아봐 주려 한다고 슬쩍 말을 돌리던, 혹시나 그 의사 언니한테 도움을 청할 수 있지 않을까, 조심스럽게 물어보던 그녀. 날 방어해주지 못해 미안했다던 그녀, 그녀는 날 어디까지 믿은 것일까? 난 과연 그녀를 방어해줄 수 있을까?

"뭐하냐? 술도 따르고 절도 올리고 해야제! 니 에미 배고파 졸도하겠다."

기척도 없이 들어온 아버지가 별안간 재촉을 해댔다. 목소리엔 아까와는 다른 밝은 기운이 서려 있다. 분명 조금 전의 전화와 관계가 있을 거였다. 궁금증이 더욱 커졌다.

"나한테 소개시켜 줄 양반이 있다셨던 거 같은데?"

"응, 있었제. 근디 오늘은 아닌갑다."

아버지가 먼저 술을 따라 제상에 올리고 절을 했다. 난 한 걸음 뒤로 물러나, 아버지가 수북히 쌓인 생선 접시 위에다 젓가락을 올려놓을 때까지 기다렸다. 그땐 아무도 알지 못했다. 아버지의 간절함에 못 이겨 마른 입술로 받아 삼킨 하얀 조기 살 한 점이 어머니의 마지막 식사가 되리라곤.

"인제는 진짜로 자네를 보내줄라네. 나 만나서 참말로 고생 많았네. 다 잊어불고 훨훨 날아 가소. 그리 걱정해 쌓던 우리 유리도 내 곁에다 딱 델다 놨으니 아무 염려 말고."

아버지가 달라졌다. 한숨만 푹푹 내쉴 뿐, 한 마디 말이 없던 작년과는 완전히 달랐다. 훗날 어머닐 뭔 낯으로 보겠냐며 한사코 내 이혼을 반대하던 아버지가 아니었다. 넋두리인지 고별사인지 알 수 없는 목소리에선 미세한 떨림이 묻어났다. 어머니의 영정 사진을 이윽히 바라보는 눈빛엔 자랑 같은 게 서린 듯도 했다.

"사실 오늘 자네랑 유리 앞에서 소개시킬 사람이 있었다네. 자네가 내 앞에다 모질게 던져놓고 간 세월, 그게 얼마가 되든 혼자서 감당할라고 굳게 맘 묵었는디 말여. 그 코로나 바이러슨가 코비드19인가 하는 게 온 세상을 발칵 뒤집어 놓는 바람에, 그 사람도 나도 사는 게 뭐 별거 있겠나 싶어…. 어짜믄 자네가 젤로 반가워 해줄란지 몰겄다, 뭐 그런 생각도 들었는디 말여."

"아버지, 잠깐만요!!"

나도 모르게 아버지의 말을 막고 나섰다. 향후 아버지의 인생에서 중요한 계획이랄까, 결정이랄까 싶은 뭔가가 금방이라도 선언될 성 싶었다. 예고도 없이, 짐작할 만한 전조도 없이, 아버지 혼자 계획하고 실행에 옮기려는 뭔가에 대해서 말이다. 난 아버지의 심사숙고를 그런 식의 간접 화법으로 듣고 싶진 않았다.

"이렇게 어물쩡, 중얼거리듯 얘기하고 넘어갈 일이 아닌 거 같은데…?"

"뭐, 그렇게 됐다!"

"아니 그런 식으로 말고, 앞뒤를 제대로 갖춰서 얘기해 달라 이 말씀이죠."

주름살 많은 아버지의 얼굴이 사뭇 발갛게 달아오르는 듯싶었다. 어머니의 유골함 앞에서 당신 인생에 재혼 같은 건 절대로 없다며, 끝내 외롭고 불쌍하게 살아 어머니 혼자 편히 눈감지 못하게끔 할 거라며, 울먹이던 그날의 아버지가 아니었다.

"그게 그러니깐, 내가 심심해서 그 노인대학인가 서예반에 들어간 건 너도 알자녀. 거긴 지도 선생님이 있긴

하지만도 앞서 배운 선배들이 새로 들어온 후배들을 갈 차주는 그런 시스템으로 운영이 되는디 말여."

"그러니깐 선배님이랑 정분이 나셨다?"

"아부지한테 무슨 말버릇이냐, 그게? 제상 거두고 나서 차분히 이야기하자."

막상 얘길 하자니 아버지로선 영 어색한 모양이었다. 나도 모르게 웃음이 났다. 평생 여자라곤 어머니 한 분밖에 몰랐던 아버지가, 올 한 해 길고도 잦았던 집합금지 행정명령 기간 사이 사이를 비집고, 같이 사는 딸 몰래 연애를 하다니! 그것도 60대 중반으로 들어서는 나이에…!

"웃지 마라. 이 나이 들고 보니 여기에도 사람이 살드라. 예전엔 환갑 진갑 넘어가면 사람 사는 세상이 아닌 줄 알았다."

"히힛, 신기해서 그렇죠. 울 아부진 절대로 어디다 한 눈 따위 못 팔 줄 알았는데…."

"한 눈 판 거 아니다!"

"어머머! 그럼 두 눈 파신 거예요? 세상에, 어쩜 좋아! 그럼 난 새엄마한테 쫓겨나는 건가?"

아버지가 피식 웃었다.

"지금 그게 문제가 아녀. 행여 잘못 되믄 나도 선별 진료소 가야 할라는지 몰라."

아직도 웃음기가 가시지 않은 얼굴로, 느닷없이 선별 진료소 운운하는 아버지를 빤히 쳐다보았다.

"왜요? 그분 코로나 걸리셨대요? 그래서 못 오신 거예요?"

"떼끼! 그런 불길한 말을 함부로 입 밖에 내는 거 아니다!!"

아버지가 짐짓 화난 표정으로 나무랐다. 도무지 종잡을 수가 없었다. 사춘기 소년처럼 볼이 발개지던 게 방금 전이건만 선별 진료소는 뭐고, 코로나라는 말에 펄쩍 뛰는 건 또 뭐람?

"그 냥반이 다니는 휘트니스 센터 건물에서 확진자가 한 명 나왔댄다. 그 때문인지 갑작스레 연락이 왔다자녀. 당장 선별 진료소에서 검진받고 결과 나올 때까진 자가 격리하라고. 우리집 올려구 차려입고 나오다가 문자 받고 허둥지둥 진료소부터 갔다는겨. 결과는 낼 저녁에나 나온다는디…?"

순간 내 얼굴에서 장난끼가 훅 사라졌다. 온갖 걱정이 밀물처럼 쏟아져 들어왔다. 아버진 어제도 그제도, 어쩌면 오늘 오전에도 그분을 만났을지 모른다. 전에 없이 휘황한 제사상이 어쩌면 그분 솜씨를 빌린 덕이었을 수도 있다. 그 확진자에게서 그분에게로, 그분에게서 아버지에게로, 다시 내게로 연쇄 감염이 이어진다면…?

머릿속이 하얘졌다. 그렇다면 마스크도 벗고 2m 거리 유지 따위 하지 않은 채 한 접시에서 허니 브레드를 나눠 먹은 그녀는, 머릴 맞댄 채 수다를 떨고 내 손으로 음료 잔을 건네준 그녀는? 그 시간 카페에 머물렀던, 내가 모르는 그 많은 사람들은? 복도에서, 화장실에서, 사무실에서 마주친 회사 동료들은? 최악의 경우 회사를 말아먹은, 그러니까 일종의 매국노가 되는, 돌이킬 수도 피할 수도 없는, 어이없는 운명에 부닥칠지도 모른다.

"너무 그러지 마라. 그 냥반 정갈하고 청초한 분이다."

푸핫! 온갖 걱정에도 불구하고 웃음이 터져 나오고 말았다.

"백신이 쉽게 못 나오는 이유를 알겠네. 정갈함과 청초함을 긁어모은다는 게 어디 쉬운 일이겠어? 게다가 바이

러스가 겁먹을 정도의 표준 함량이 얼마나 되는지 알 게
뭐야? 흐훗!"

"욘석이 애빌 놀려?"

살풋 흘겨보는 아버지의 낯빛이 해맑기 그지없다. 그
해맑음에 화답하는 검진 결과가 나와줄까?

"사실상 요 며칠은 그 냥반을 안 만났으니께 행여 그짝
에 뭔 일이 생기드라도 크게 걱정할 필욘 없지 싶다만.
니 에미 제사 앞두고 나도 맘 정리하느라고 나름 거리 두
기를 했다 그 말이여. 그러고 나니께 확실해지드라. 그래
서 오늘 초대도 하고 또 내 맘도 전하고 그럴 참이었는
디."

"하아! 그니깐 떡 벌어지는 제사상이 사실은 그분을
위한 것이었네. 울 아부지가 제대로 배신을 때렸구만."

아버지의 한마디 변명이 불러온 안도감이 명치끝을
간지럽혔다.

제사상을 정리하기 시작했다. 제기가 하나씩 비워져
갔다. 빈 반찬통들이 나물로, 전으로, 수육으로, 생선으
로 채워져 갔다. 아버지가 그중 일부를 덜어 다른 반찬

그릇에다 따로 담았다. 색색의 고명을 그 위에다 얹어 제법 모양을 내가면서. 그런 다음 그것들을 쇼핑백에다 차곡차곡 챙겨 넣었다.

"댕겨오마. 그 냥반 저녁도 아직 못 먹었을 거인디."

"예에…?"

그러리라는 짐작이 없지 않았으면서도 아버지의 출타 선언에 난 화들짝 놀랐다. 언제부터 그 집엘 드나들 정도로까지 친밀한 사이가 되었던 걸까? 아니 그보다는 검진 결과가 나오지 않은 사람의 집을 그리 대책 없이 드나들어도 되는 것일까?

"별일은 없었지만도 혼자 얼마나 겁나고 걱정스럽겠냐? 요럴 때 같이 있어줘야들 않겠어?"

"만약에 양성으로 나오믄 어떡하실려구…?"

"입원시키고 돌봐주고 해야제, 뭘 어뜨케?"

아버지는 당연한 걸 왜 물어보냐는 듯 천연스레 대꾸했다. 아버지의 연애에 관한 내 무심과 둔함에 대한 아련한 반성이 순간 서운함과 짜증으로 돌변했다.

"그러다 아버지도 확진되면? 그럼 난 어떡해?"

아버지가 뜨악한 표정으로 날 쳐다보았다.

"단지 검사를 받았을 뿐이여. 열이 나는 것도 아니고, 어디 아픈 데도 없대."

"그래도 결과 나올 때까진 기다려야죠. 내 생각을 조금치라도 한다면요. 이번 승진 심사에서도 누락 되면 만년 대리라고요."

"너한테는 절대로 피해 안 준다. 그럼 될 거 아녀?"

"지금 그게 말이 돼요?"

"안 될 건 또 뭐냐? 결과 나올 때까진 그 집에 있으마. 한 발짝도 안 떼고 딱 자빠져 있으믄 되제. 만일의 경우가 생기드라도 널 부르진 않을 테니껜 걱정 꽉 붙들어 매드라고!!"

탕! 현관문이 닫혔다.

차가운 바람이 가슴팍을 후리고 지나갔다. 집안이 순간 휑해졌다. 아버지가 떠나간 것인가? 어머니가 떠나고 내 아기들이 떠나고 그가 떠나고, 내 모든 이별들의 완충지대로 남아있던 아버지마저 떠났는가? 난 홀로 남았는가?

영정 사진 속의 어머니는 여전히 웃고 있다. 내 인생 최고의 선택은 널 낳은 거였어. 어머니의 웃음을 덮고 있는 액자 유리를 가만히 쓰다듬어 보았다. 차가웠다. 엄마, 안녕! 작별인사는 소리가 되어 나오지 못했다. 난 어머니의 입술에다 대고 입을 맞추었다. 여전히 차가웠다.

텔레비전에선 아나운서 혼자 열심히 떠들어대고 있었다.

오늘의 코로나 확진자 수는…, 위중증 환자의 병상 수가 부족할 것으로…, 겨울철 대유행이 예고된 가운데 정부는 방역 단계를 상향 조정할지……,

하나도 새로울 것 없는 뉴스, 숫자가 조금씩 달라질 뿐 거기서 거기인 코로나 관련 소식들, 그런데도 문득 신경이 곤두섰다. 습관처럼 무뎌졌던 불안감이 새삼 날카롭게 휘번득였다. 그저 풍문에 불과했던 코로나가 우리 집 문앞으로까지 바짝 다가온 듯한 느낌 때문인가?

별안간 뭔가에 홀린 사람처럼 난 손전화의 자판을 누르기 시작했다.

그분이 어떤 결정을 내리더라도 난 그 결정을 지지할 것 같아.(내가 무슨 상관일까마는 ㅎㅎ) 직접 만나서 상의해 보길 권함. 내 소개로 왔다고 말하면 최선의 방법을 찾아줄 듯. Dr. 000/ 전번: 000-0000-0000

다시 읽어보지도 않고 보내기 버튼을 눌렀다. 반말도 존댓말도 어색한 내 입사 동기이자 직속 상관인 그녀, 자신의 선택을 그대로 밀고 나가든 번복하든 내가 거기에다 덜어내고 또 얹어줄 건 없을 것이다. 수많은 문제와 위험으로 가득한 세상에다 아기를 데려다 놓는 일과, 아무것도 모른 채 세상 빛을 쏘이려는 아길 돌려보내는 일 중 무엇이 더 큰 죄일지, 혹은 사랑일지는 당사자만이 알 테니까.

설거지를 시작했다. 쏴아 쏴아 수돗물이 쏟아지는 소리, 달그락 덜그럭 그릇들이 부딪히는 소리, 뽀드득이는 수세미 소리, 그리고 그닥 반갑지 않은 온갖 나쁜 소식들을 전해주느라 숨이 가쁜 아나운서의 목소리. 집안이 온통 소리들로 꽉 찼다. 더는 휑하지 않았다.

놋쇠 그릇 속 머리칼 두어 올

머리칼 두어 올

유금호

놋쇠 그릇 속 머리칼 두어 올

유 금 호

이 술이 이름만 언뜻 들으면 좀 거시기 헐 것이요. 술 이름이 '조껍데기 술'이어라, 좁쌀 껍데기 안 벗기고 그대로 고들 밥을 해서 누룩하고 섞어 띄우는 술이제라. 여그 갯가나 섬에서야 무신 논이 얼마나 있어 쌀농사를 짓겠소? 산비탈에 수수하고 좁쌀이제라. 그래도 여그 땅에서 나온 곡식으로 밥도 하고 술도 담가 용왕님한테 올리고 하다 보니 여그서는 술이라먼 다 이 조껍데기 술이어라.

섬에서나 갯가에서는 땅이 척박하다보이 벼농사를 지을 수가 없고, 그러니 비렁 밭에 심은 좁쌀이나 수수가 제일 귀한 곡식이요. 용왕님한테나 조상님들한테 올릴 제사에는 그래서 여그서 나온 좁쌀로 지은 조밥을 올리요. 또 귀한 손님이 오세도 마찬가지제라. 우리 식구들

보통 때 먹는 음식이사 객지에서 나온 쌀이나 보리를 삶아 묵어도 조상님께 드릴 밥이나 술은 여그 땅에서 난 곡식으로 맨들어 올려야 맞지 않겠소?. 그러니 이 술이 보통 술이 이니란 그런 말이요. 이 누리끼리한 조껍데기 술은 생긴 건 이래도 도야지 얼굴보고 안 잡어 묵는다는 말 겉이 여그 갯가나 섬에서는 귀한 대접을 받지라.

우선 나부터 오늘은 한 잔 묵을라요. 여그 갯가에서는 여름날이면 이 조껍닥 술에다가 민에(民魚)부레 안주면 한 여름 보신이 되제...아까 이약 하다가 중단 되었소만 그 시산네가 물로 들어가고 나서 한 이틀, 동네가 영 뒤숭숭했지라. 저 서쪽 언덕 너머서면 거그 용머리가 있소. 그 밑으로 명주 실꾸리 두 개가 다 들어가도 끝이 안 닿는다는 용소가 있는디, 그 용소에다 몸을 던졌으니 소용돌이 속으로 그대로 들어갔지, 보통 바다에서야 저희 집 앞 마당보다 잘 돌아다니던 물질하던 아낙이 물에서 그대로 없어질리도 없제. 안 그러겠소?

여그서 배 타면 한 세 시간 가서 시산도라고 섬이 나오요. 원래 그 섬에서 시집을 온 색씨지라. 대대로 저희 어매, 할매 때부터 여자들 물질로 식구들 살아왔다고 하드먼요. 그 샥씨도 이름이 본래 있었는가는 모르겄소만 여자들 애기 때 이름이 뭔 소용이겄소? 이름이 있어도 거 살구나무집 첫찌 둘찌, 셋찌 아니면 거 머구리 집 둘찌 안 있능가? 이렇게 불렸으니 소용이 없지라. ...거그다 시집 오면 그때부터는 친정 동네 이름으로 금당댁, 보성댁, 벌교댁 그렇게 불리제라. 시산서 여그 육지로 시집을 나왔시니 당연지사 시산댁이 되어야 맞지라. 그런디 그 샥씨한테는 시산댁이라는 이름이 영 안 어울려 부렀소. 여자라는 것이 시집을 와서 쪼깐 지나면 허리고 엉덩이고 펑퍼짐해지는 것이 맞는 이치인디... 그래야, 금당댁, 보성댁, 시산댁, 그렇게 불려야 안 허겄소? 그런디 어쩌자고 이 시산서 시집 온 처자는 시집와서도, 저 신랑 보내고 과수댁이 된 뒤에도 영 아짐씨 같이 펑퍼짐해지지를 않으니 어째 시산댁이라고 부르기가 거시기 하드란 말이요. 그러다보니 언제부터 이 샥시한테는 시산댁이라 안 하고 시산네라고 부른 것이 입에 붙어부렀지라.

모르겠소만 여그서는 그런 말이 있소. 섬에서 육지로 시집 나오기 전까지 쌀 서 말 묵고 나오면 부자로 산 것이다, 그런 말이요. 그만큼 섬이나 갯가는 쌀이 귀하고만요. 시산네라고 별 수 있었겠소? 쌀로 따져 한 말이나 묵었는가, 두 말이나 묵었는가, 팔자치고는 더러운 팔자를 타고 난 것이제라. 짠 물 실컷 묵고 크다가 시집이라고 와서 남정네 맛 알만허니 신랑 앞 세웠지, 벙어리에 귀머거리 홀로된 시어미 모른 척 못하고 짠물 묵어감서 갯거 해다가 봉양하며 살았더니 웬 놈의 허깨비같은 남정네가 뭐 하러 장마철에 두깨비 겉이 나타나서는 자빠트러 부리고 마지막 더러운 소리 냉기고 죽었시니 지라고 더 살 생각이 있었겠오? 용두암으로 내달린 것이 마지막 지 할 일이다 싶었겠지..

나가 금년으로 일흔 둘이요. 여자 나이 일흔을 넘으면 인자는 여자도 아니요. 인생 칠십고래희(人生 七十古來稀)라고 옛날에도 칠십이면 세상사하고는 상관이 없는 나이요, 사람이 칠십이 넘고 나면 살아온 세월이 헛일 겉이 보여지요. 조껍닥 술에다가 민에 부례 안주면 세상이다 돈짝만 해진단 말이요. 그래도 물에 빠져 죽을 운수, 남의 아낙네 배꼽 우에서 죽을 운수는 칠십 넘으면 대강은 보인단 말이요. 하이고, 그래 아자씨는 구십넘게 장수하시겠소. 워낙 조심조심 살어서 남에 아낙네 탐도 안 하고, 큰 벼슬자리 바라지도 아니하고 곱게 곱게 선비로 살다가 가겠소.

나가 멀미를 무섭게 허요. 내가 멀미만 안 했으면 여그 촌구석에 엎어져 살지 않았을지도 모르제. 멀미를 하도 무섭게 하는 관계로 나가 우리 아들네 집, 딸네미네 집도 한 번 못 가 보고 요날 요때까지 지내요. 차만 탔다하면 바로 죽어부리니 객지에 사는 아들, 딸을 어찌 보러 가겠소? 어렸을 때부터 그래가지고 젊은 시절도 그 모양이다가 나이 환갑 넘어서도 그 꼴이니 서방 큰 병원에서 죽어가는 것도 못 가보고 떠나보냈소. 그러니 보고 들은 것이 이 동네 갯가 일 말고는 뭐가 있을 것이요? 지 서방 병원에서 죽어가는디 그 병원까지 차를 타고 못 가서 그대로 보냈다 허먼 누가 믿어주겠소? 그래도 그거이 다 참말이요. 어째 이 이약을 하냐허면 멀미 땀에 밖으로는 못 나가보고 보고 들은 것도 없제마는 나이 칠십이 넘으면서는 사람을 보면 어른어른하게 그 사람 팔자가 보이기 시작한 것이제라. 이거는 나만 그런 것이 아니라 나이 지긋하게 묵은 사람들한테 물어보니 다른 사람들도 나이가 들면서는 확실히 나 겉은 증상이 있는 사람이 많더만요.

남자고 여자고 나이 칠십이 되면 없던 눈 하나가 새로 생겨나는가 싶소. 이때부터는 남자, 여자 그런 것은 점점 소용없는 것이 되어 불고, 그 동안 안 보이던 그림자가 사방에서 보여지지라. 죽어 있던 것들이 우쭐우쭐 일어나서 춤을 추기도 하고, 멀쩡하게 앉어 있는 사람 뒤로 그 사람 죽을 때 모습이 보이기도 허고, 죄 많이 지은 사람, 죽어서 좋은 데로 갈 사람, 못 갈 사람, 그런 것들이 보여진단 말이요. 물에 빠져 죽을 운수야 바로 보이지. 그 사람은 구중궁궐 안에 아홉 쇠통을 채워 놔도, 접시물이라도 없으면 제 눈물이라도 쏟아서 거기다 코를 박고 죽게 된다는 말이요. 시산네 생김새만 봐도 사내놈들이 코를 박고 죽게 생겼구나, 짐작이 되어불제. 이왕지사다 그렇게 정해져 있는 것을 누가 바꿀 것이요? 사람이 세상에 태어날 때에 너는 이렇게 이렇게 살고, 이렇게 이렇게 죽어라, 첨부터 딱 정해져 있다보니 그걸 피하겄다고 별 짓을 다 해도 마지막에는 원래 정해진 대로 끝날 수밖에 없는 것이 세상 이치다, 그 말이요.

이 사람들은 첨부터 그리 되어 있었소. 늬는 세상에 나가서 사내 놈 몇 잡아 묵고 돌아오고, 너는 평생 떠돌이로 떠돌다가 주인 없는 계집년 배꼽 우에서 죽어라, 그렇게 정해져 있었다, 그 말이제라. 팔자라는 것은 절대로 못 바꾸는 것이요.

여시란 놈도 지 죽을 때 되면 대가리를 고향 쪽으로 대고 죽는다고 하드먼. 거 뭐시라, 수구초심(首邱初心)...맞어 그런 소리 들어봤구먼 암만. 그래서 그 용구 역시 여그를 고향 땅이라고 찾어 왔을 거 아니요?. 저 죽을 때가 가까워진 것을 짐작한 것이제...헌디 어째 남정네 들은 다 똑겉이 그리 눈깔이 삔 것이냐 그 말이제. 시산네야 우리 동네 딱 들어왔을 때부터 보통 눈으로 봐도 사내 놈 몇 잡아 묵겄다 하는 것이 보이드만도 어찌 남정네 들은 하나같이 그걸 못 보능고 하는 말이요. 눈을 보면 딱 알아불제. 눈깔이 소 눈 같이 뒤룩뒤룩 큰데다가 흰 창이 푸르스럼허게 일렁일렁거리는 걸 남정네들은 어찌 못 보냔 말이여. 거그다 낯바닥이고 살가죽이 거무튀튀하고 윤끼가 나는디다가 걸을 때면 엉덩이가 씰룩씰룩 거리는 디 그걸 보면 얼릉 뒤돌아서들 가야제 가까이 갔다 하면 요절나는 거는 시간 문제제. 우리덜은 그 시산네 우리 동네 들어설 때부터 남정네 몇 놈 몇 달 못 갈 거 알아부렀제..그래도 용하게 말 못하고 귀 멀은 병신 시에미를 몇 해 동안 물질해다가 멕여 살린다는 소문 듣고 용하다 했드만 결국 사단이 난 것이여. 그 용구 놈은 뭐할라고 그 거무 튀튀 소눈깔 년을 다리 감아 자빨처 부렀겄어? 저 죽을지 몰랐던 모양이제.. 두어 달 그리 있다가 제 배꼽 우게서 사네 놈 늘어지고 나니께 이년의 팔자라는 것이 벗어날 수가 없는 갑다, 맨발로 용두암으로 달려간 것이제...

그런디 안 되겄네. 거그 삼식이네 조껍데기 한 주전자에다 민에(民魚) 한 접시 새로 썰어와 불소. 아, 돈이야.

이 서울 양반이 다 낼 거 아닌가. 시산네 혼 건지는 이약을 들을라고 멀리서 왔다 안 허능가. 세상 참 여러 가지라이 기계에다가 이 늙은 년 술주정 하는 거 담아가서는 그걸로 돈하고 바꾼다니 세상 참 요지경이제. 자, 아자씨도 이 노리끼리 한 것으로 한 대접 잡솨 버리시오. 안주야 요새 이 민에(民魚)만한 것이 없응께 배때기 살로 두어 점 하시오. 그래 묵으면 이번 여름도 탈 없이 지낼 것이요.

이약을 하다 말었네. 그 용구란 남정네는 어찌된 사람인고 허니 어렸을 적에 지 아부지 시장에서 깡냉이 튀기는 디 따라와서 눌러 앉아가지고 여그서 소학교도 댕기고 살았는디 젊은 시절은 제 애비 모양으로 사방으로 떠돌다가는 몇 달 전에 이리로 다시 흘러 와서는 죽은 사람들 염해주고 지내다가는 시산네를 만나서 사단이 난 것이제..그 용구가 소학교 다닐 때 지 에미 끼고 있던 금반지를 빼다가 뻥튀기 기계에다 넣었다가 지 애비한테 들켜서 다리몽둥이를 안 죽게 맞고 쫓겨났다는 이약은 여그 사람들은 다 아는 이야기구먼, 죽기 전에 왼쪽 다리를 쪼끔 절더라는 사람들 말이 있었소마는 나야 그 용구란

사람 찬찬히 쳐다본 적도 없구만. 지 생각에는 깡냉이 한
되가 한 말로 불어나니 지 에미 금반지도 열배로만 튀겨
지면 그것이 어디냐, 싶었던 모양이여. 그리 생각이 없었
시니 시산네 생긴 것을 보고도 남정네 잡아 묵을 상인가,
아닌가도 몰랐겄제..

생각허면 그 사람도 불쌍한 사람이요. 떠돌이로 들어
왔다가 그래도 여그가 지 고향이겄거니 돌아온 것 아니
겄소? 젊었을 때는 많이 싸돌아다니기도 했든 것 같더라
고요. 젊었을 때 돌아다닌 낯선 나라 이얘기도 대포집 같
은데서 하는 걸 들은 사람도 동네에서 여럿 있으니께. 사
업을 해서 돈도 만져본 것 같고, 외항선도 탔다고 하고,
부두에서 노동자 노릇도 했던 것 같더라니께요. 저희 소
학교 동창회에도 한번 와서는 장학금이라고 봉투도 내
놓고 했더라는 것 보면 한때 수입도 좋았던 때도 있었을
것이다 싶으요.

지어낸 이약인지는 나도 모르겄소마는 이 용구라는
남정네가 여그 떠나기 전에 도시에서 온 낚시꾼들 낚시

터에 안내하는 일을 한 일 년 했다고 합디다. 하루는 젊은 부부를 태우고 노를 저어서 낚시터로 나가는 디, 갈매기 수십 마리가 배 앞으로 날아와 앉았다고 합디다. 그가 휘파람을 휙 불면 날아올랐다가 또 내려앉고 하는 것이 신기했던 젊은 서울 아낙네가 물었다고 하더라구요, 아저씨가 키우는 것이요? 하고. 이 남정네, 그렇고 말고요. 저것들 백 마리 키우는 것도 여간 일이 아니요. 먹는 거야 저희들이 해결한다 해도 며칠에 한 번은 아는 척을 해주어야 안 서운하다고 하고, 집에다가 알 낳는 둥지도 만들어주어야 하니 보통 귀찮은 일이 아니지요. 했다라는 것이요. 그 덜 떨어진 젊은 아낙이 갈매기 백 마리를 그 날로 샀다는 디 돈 계산 다 끝나고 며칠 후에 그 여편네가 저희 갈매기들을 보러 왔는디도 이놈들이 영 본척만척해서 경찰서로 가서 전후 사정 이약을 다 한 모양입디다만 경찰들로선 할 말이 없었다고 그럽디다. 좌우간 그날부터 이 남정네가 이곳을 뜬 모양이어라.

좌우간 이 사람이 여그를 고향 삼어 돌아와서는 죽은 사람들 염(殮)해주는 것으로 자리를 잡았는디 '장례지도 사라든가 그런 걸 가르치는 대학교도 있다니께 거기 가서 공부도 했다드면요. 좌우간 아까도 말했지만 남정네들 눈이라는 것이 영 씨잘대기가 없다, 그런 말이여라. 여그 들어와서 불쌍하고 가난한 사람들한테는 돈도 안받고 일을 해주고 했다드면도 뭐할라고 그 시산네하고 눈이 맞았을 것이요? 딱 보면 몰라? 저 여자하고 엉켰다가는 제 명에 못 죽는다, 뭐 이런 짐작이 있었을 것인디 그거하고는 상관이 없었는지 혼자 살던 집에 시산네가 드나든다는 소식이 있고서 두어 달도 못 되어서 지도 죽고 시산네도 수중고혼이 되었시니 처음부터 그리 되라는 팔자라는 것이 있었는가는 모르겠소. 물에 빠져 죽을 운이 있는 사람은 접시 물에도 코를 박고 죽는다는 말이 안 있습디여? 제 팔자를 피한다고 피해도 나중에 보면 그 피하는 디가 처음부터 갈 곳이었다 이렇게 되지라.

그 용구라는 남정네도 팔자하고는 영 기구한 사람인가 싶으오. 전쟁 끝나고 피난민들 움직이고 할 때 시장 뻥튀기 하는 지 아부지 따라서 들어 온 모양인디, 여그가 인심이 나쁘지 안했든지 이 떠돌이 식구들이 여그서 자

리를 잡았던 모양이요. 남자는 장날 뻥튀기 말고도 갯가
바다 일도 찾아서 하고, 여자도 동네 궂은일 해가면서 정
도 들고 그 아들놈도 여그서 초등학교를 다녀서 동창생
도 생기고 했던 것이지라. 그래도 애비, 에미 죽고 나서
는 이 땅에 정을 못 부치고 객지로 객지로 떠돌면서 살았
던 모양인디 지 애비 핏 속에 있던 떠돌이 피를 못 속인
것도 있을 것이구만. 소문으로 들었지만 팔도강산 안 가
본 곳, 안 해 본 일 없이 다 해 보고, 밖으로 돌아 외국에
서도 이것저것 해 보았던 모양이어라.

 아프리카라던가, 거 시커먼 사람들 사는 땅에도 가 있
었고, 요새 거 올림픽 한다는 땅에도 가 보았다더라고요.
참 이상하지, 그렇게 훨훨 떠돌면서 살다가 한 세상 마칠
수도 있었을 것인디, 원래 저희네 선산이 있는 것도 아닌
디 여그로 들어와서 여생을 마칠 생각을 했는지 그것이
이상하다는 말이요. 그리고 여그 와서 한 일도 이상한 것
은 어째 죽은 사람 염하고, 시체 파서 옮기고 하는 이장
(移葬) 일을 하게 된 것인지도 이상하지라.
 죽은 사람을 관에다 집어넣을 때 배에 물이 많이 차서

워낙 뚱뚱해진 시체는 그대로 안 들어가니께 가족들을 나가 있으라고 하고 병풍 뒤로 염꾼 혼자 들어가서 대나무 꼬챙이로 시체 뱃가죽을 찔러 물을 빼고 나서야 관에다 집어넣는다고 하더라고요. 간이 나빠서 죽는 사람은 열에 아홉, 배에 물이 차서 관에 안 들어간다고 보면 맞을 것이요. 직접 들은 이약은 아니오만 염꾼 노릇 하기가 만만한 것이 아니라는 말을 하고 싶은 것이요. 이런 이치를 훤히 아는 사람이 분명 이 여자하고 얽히면 머잖아서 내가 죽어나가겠구나, 하는 것을 알 것 같은디 섶을 지고 불에 들어간다고 팔자는 못 피하는 것이라 주춤주춤 제 죽을 곳으로 들어갔다는 소리요.

이거는 다른 이야기오만 그 사람 근동 사람들한테 좋은 일도 많이 했어라. 여그는 본래 사람이 죽으면 날 송장은 집안 선산으로 바로 못 가요. 다른 데 묻었다가 육탈이 된 후에사 선산으로 들어가는디 그러다 보니 어느 집이고 이장(移葬)을 많이 하게 되지라. 헌디 그 이장이란 것이 땅이 좋은 디면 육탈이 깨끗이 되고 뼈도 누렇게 좋게 되는디, 나쁜 자리는 뼈다귀가 시커멓게 썩기도 하고, 또 어떤 자리는 육탈이 제대로 안 되어서 살점들이

뼈에 붙어 있기도 한답디다. 그럴 때면 염꾼이 자손들을 멀리 보내놓고 대나무 가지로 남은 살을 발라내기도 하고 작업화로 슬슬 땅에다 문질러서 살을 떼어내기도 한답디다. 이거는 직접 들은 소리는 아니오만 다른 사람들하고 하는 이약을 내가 옆에서 들은 것이어라. 어찌 되었건 그가 죽었다고 소문이 나자 여그 저그서 생전 신세졌다는 사람들이 여럿 와서 그리 서운하게는 장사를 안 지냈으니 그 사람 죽기 전에 공덕을 쌓은 것이 맞소.

두어 달 전이었을 것이요. 새 색씨로 시집 올 때부터 보통 여자는 아니다, 그리 느꼈소만 두어 달 전에 골목길에서 해가 질 때 해서 딱 시산네를 가까이서 봤는디 그것은 절대로 나가 못 잊을 것이요. 여그 동네가 어떻게 생겼는지 둘러봤을 것이오만 용두암 있는 대로 해서 서쪽 바닥은 해가 질 때면 늘 벌겋게 물이 들으요. 그날도 해 질 때 다 되어서 서쪽 하늘이 벌겋게 되았고, 바닥도 하늘하고 똑같이 벌건 색으로 일렁거리고 있었는디 그때 그 시산네가 물질 끝내고 돌아오든 길이었지라. 아지매, 이 전복 저녁에 쪄서 잡수시오. 운이 좋아서 오늘은 여러 마리를 잡았어라. 광주리에서 손바닥 보다 더 큰 전복을 세 마리나 나한테 꺼내주고는 싱긋이 웃는디 그때 보니 이빨도 유난히 희디흽디다. 서쪽 하늘에다 바다까지 벌겋게 되었는디 그 골목에서 그 하늘하고 바다를 뒤로 하고 싱긋이 웃는디 하이고, 그 까무잡잡하고 탱탱한 얼굴이며 어깨가 어찌 그리도 하늘하고 한 색깔인지 숨이 턱 막힙디다. 내 속으로 남정네들이 시방 너를 보면 너한테 잡혀 먹어도 억울하지 않겄다, 그렇게 잠시 이상한 생각이 듭디다.

하기사 저라고 좋은 남정네 만나서 아들 딸 낳고 키우면서 알콩달콩 살 생각이 어찌 없었겠소. 그것이 다 팔자 소관이어서 시집온 지 반년도 못되어 서방 놈 묻어 불고 벙어리에 귀머거리 시어매만 먹여 살릴 팔자니 어찌 원망이 없었겠소? 그래도 날마나 물질해서 건져 온 전복이며 소라, 해삼, 문어들을 아침 시장에 가서 팔아가지고 쌀도 사고 나무도 사서 시어미 봉양한다는 소리는 근동이 다 알았을 것이요. 망할 놈의 사단은 그 용군가 그 남정네만 이 동네로 안 돌아 왔으먼 그런대로 흘러갈 세상이었는디 뭐 할라고 하필 우리 동네로 그 남정네가 나타날 것이요? 동네에 빈 집이 많소. 젊은 사람들 다 객지로 나가고 노인들만 남다보니 사람 안사는 집도 솔찬히 되지라. 용 군가 그 남정네 혼자 밥 끓여 먹으면서 빈 집 지켜준다는 말 들었는디 그것이 사단이 될 줄 어찌 알았을 것이요? 혼자 지내는 남정네 끓여 먹는 것이 허술할 것은 뻔한 일 이제라. 우리 시산네 오다가다 그날 물질 해 온 해삼이나 전복 한두 번 주었을 것이고... 아까도 말했소만 해질녘 해서 벌건 하늘하고 바다를 뒤로 하고 막 바다에서 올라 온 시산네 거무잡잡한 모습이 짐작이 안 되겠소?

물귀신이라고 허는 것은 본래가 사악한 것이라. 지가 빠져죽은 곳을 떠돌고 있다가 다른 사람 하나를 그 자리에 데려다 놓고야 지상으로 나오는 것이거든. 그러니 동네에서 그런 일이 있으면 다른 사람이 또 물에 빠져죽기 전에 단골네를 데려다가 시체를 건져 올리던지 넋이라도 건져 좋은 곳으로 보내주든가 해야 사단을 막을 수 있다 그 말이지라. 그런디 그 용소라는 곳이 그리 만만한 곳이 아니어라. 하기야 다른 데라면 시산네가 빠져 죽겄소? 물질로 살어 온 사람이... 그곳이 용궁으로 들어가는 문이라고도 하고, 큰 바다로 뚫린 구멍이라고도 하고... 알 수가 없제...내 젊었을 적에 명주실꾸리 하나를 다 넣고도 바닥이 안 닿아서 두 꾸리를 넣다가 그만뒀다는 아지매를 본적이 있으니께 거그가 얼마나 깊은 지는 알 수가 없제.. 하여간 생각해 보면 지 배때기 위에서 할떡거리든 사내놈이 눈 까뒤집고 넘어간 걸 보고 멀쩡할 예편네가 있기는 하겠소? 그길로 용두암으로 내달아 산발한 머리로 용소 안으로 뛰어들었든 게비여.

하이고 한 잔 더 묵어버려야 쓰겠구먼. 그 남정네 공동묘지에 묻어주고는 이틀 만에 단골네를 데려 왔구만. 헌디 재미있는 것은 그 용구 헌티 딸네미가 하나 있어서 지 애비 묻는 디에 찾어 온 것이요. 젊은 날 싸돌아다닐 때에 어쩌다 월남 여자를 하나 만나 잠깐 정분을 나눴던 모양인디 거그서 난 딸이 어찌어찌 제 아비 묻는 날 와서 술 한 잔을 올렸다 안허요? 생각하면 다행이다 싶기도 하고 무주고혼 떠돌 것을 딸네미라도 핏줄이라고 찾어 와서 대면했으니...

술 한 잔 더 해 부러야겠소. 아자씨도 한 잔 더해 부리
쇼. 인생이란 것이 눈 깜짝하면 아무 것도 아닌 것인디...
아무튼 그 시산네 혼 건진다고 동네 사람들이 많이 나왔
었소,

제물도 동네에서 십시일반 준비해서 쪽배 위에다 진
설을 했소. 용왕님 제물로 흰 떡시루, 백미, 삼색실과, 마
른미역, 북어 세 마리, 조껍데기 술, 초, 향을 진설하고,
그 옆에 영가의 제물은 팥시루, 대추, 밤, 곶감, 삼색실과,
밥, 세 가지 나물, 조껍데기 술을 진설한 뒤 죽은 사람 생
전에 사용하던 놋 밥그릇에 쌀을 가득 담아 길닦이 소창
끝에 묶고 흰 무병 베 끝에 매달아서 용소 쪽 물에 넣은
다음,,, 살아있는 닭 한 마리에 죽은 사람 생년월일과 이
름을 써서 용소 물에 대신 넣고 단골네의 비손이 시작 되
었제라.

스무 자 펄렁펄렁 무명베가 용소 속으로 들어가고 진
설한 제물 앞에서 단골네가 시산네를 목이 빠져라 부를
때는 모래밭에서 혼 건져오길 기다리던 아낙네들도 입

속으로 시산네 혼백을 한 없이 불렀소. 시산네야. 시산네야, 불쌍한 시산네야 그놈의 물질 인자는 그만해도 되겠구나, 인자는 땅으로 나와 훤한 세상 살아가라. ...헌디거 시어미가 안 있소? 귀도 안 들리고 말도 못하는 그 시어미도 이상한 일이 있는 것을 눈치 채었는지 우리 옆에딱 붙어서 입 속으로 웅얼웅얼 거립디다. 지 며느리 혼백을 부르는 소리인지 앞서 죽은 제 아들놈한테 하는 소리인지 뜻은 몰라도 하염없이 웅얼웅얼 거립디다.

어이 삼식이네야, 안 되겠네. 여그 조껍데기 한 주전자더 하고 민에 살 좀 더 썰어오소. 배때기 살로 썰소. 이서울 아자씨도 여그까지 와서 중복, 말복 지나면서 몸보신 하고 갔다는 소리를 들어야 쓰제.

젊은 나이에 시집 와서 일찍 남편 잃고, 홀로 된 시어미 봉양하며 지내다가 뒤늦게 사내 만나 정분이 들라는데 사내마져 급살하여 용왕님께 의탁하려 들었으니 가엾다 생각하여 넋이라도 보내주오...이렇게 두 식경이나비손을 했을 것이요. 드디어 단골네가 용소에 던져 넣었던 흰 무명베를 배 위로 끌어 올렸제라. 사람들은 그 놋밥그럭 속에 죽은 시산네 혼이 올라오는가 정신없이 기다리는데, 왔구나, 왔어. 돌아왔구나, 우리 불쌍한 시산네... 단골네 목소리가 찌렁찌렁허게 울려 나오는 것을 듣고는 동네 사람들은 바닷가에서 일어났지라.

혼이 안 올라오는 수도 있는디 그럴 때는 할 수 없이 밤나무로 신장을 깎어서 대신 넣기도 한다는 디 그래도 시산네 놋쇠 밥그럭 속에는 머리카락 두어 올이 올라 왔다고 하더라고요... 그래서 공동묘지 용구 묻힌 옆자리에다 그 밥그릇을 묻고 봉분까지 지어주었다누먼요.

그 딸이란 여자는 한 번도 본 적도 없는 그 시산네 봉분에다가 술 한 잔을 따르고 엎어져서 울다가 갔다느먼. 그래저래 세상사라는 것이 참 이상하다, 그런 생각이 들어불구만요.

우리들의 선생님,

유금호

채희윤

89년 1월 삼환아파트…

"이동하 선생님 좋아하는 소설가 왔어요.."

사모님의 말씀이 끝나자 곧 선생님이 나오셨다. 사적으로 선생님을 만난 첫날이었다. 신문에서 어떤 소설가 좋아하느냐는 질문에, 목포대학교 대학원 입학을 앞두었기에, 소설전공 교수인 분을 언급했더니, 읽으셨던 모양이다. 그리고 그날 나는 선생님이 소설가라는 것을 알았다. 과문한 나는 전혀 몰랐다. 집에 내려와서, 대학 도서관에서 선생님의 작품을 찾아 읽었다. 오히려 선생님이 한 해 먼저 등단한 작가란 것도 그때 알았다. 그 후로도 선생님은 본인 본업이 현직 작가라는 것을 강의 시간에 입에 올리신 적 없었다.

1990년 3월 목포대학교 유금호 연구실

"지도교수님이 바뀌었었다고 해서 서류에 날인해 오라는 행정실…"

아마 술 안 마신다고 하면 지도학생으로 안 받아주실 수도 있다는 조교의 말에, 말도 안 되는 객소리라고 생각하며 청계 인문대학 건물 302호 문을 열고 들어가 처음 드린 말이었다. 별말 없이 <지도교수 변경원>에 도장을 찍어주시며, 악수를 청하셨다. 커피도 한 잔 내려주시고, 논문에 관해 말씀 하시다가 본인이 소설가임을 처음으로 입에 올리셨다. 나중에 대학에 근무하면서 나는 선생님을 더 깊이 존경하게 되었다.

대학교수들의 자기 전공에 대한 폐쇄성과 과잉된 자부심으로 얼마나 견고하고 자칫 독선적인 성곽을 쌓고 있는지를, 스스로에게서도 발견하고 흠칫 놀라기도 했으니. 선생님이 목포대학에 비평 전공자로 오셨으니, 어떤 일이 있더라도 소설에, 더욱 소설창작에 대해서는 수년 동안 한 마디로 않으실 정도로 엄격하시다. 나 같다면 결코 가능하지 않을 일이다. 실수라도 입에 올릴 수 있을 터인데, 강의실에서 단 한 마디도 입에 올리지 않았다.

그 폭넓고 분명한 염결성은 늘 내 맘에 있어, 지금도 뭔가를 결정할 때, 선생님이라면 어떻게 하셨을까를 한 번 떠올린다.

2014년 서울 남산 문학의 집

"선생님도 한 번 하시지 그러세요?"

이를테면 선생님 소설문학의 旅程 학회 비슷한 것에 참석하여 내가 선생님께 여쭈었다. 선생님은 일언지하에 거절했다. 인생에서도 선생님은 거침이 없으시다. 특히 본인에 관계된 일이면 더 엄격하게 자기 유지를 하신다. 남에게 폐가 될 수 있는 일, 조금이라도 손해를 끼칠 수 있는 일 같으면 아예 계획도 못하게 하신다.

석사 과정 시절에 같이 드신 식사 값도 선생님 허락 없이는 내지 못하였다. 하숙 식당인 목포식당에서 마저도 선생님이 처리하시는 것이 제자인 우리들에게 늘 가시방석이어서, 선생님 모르게 처리하려고 하면, 아예 주인장에게 계산 금지령을 내려놓으셔서 우리는 기회를 얻지 못했다. 이 나이에도 생각해보면, 그것은 그렇게 쉬운 일이 아니다. 그것은 측은지심이 동하지 않으면 할 수 없는 성정이다.

"자네가 나보다 월급을 많이 받나, 나이가 많나?"

말은 차가웠지만, 그 말씀 밑에 깔려있는 도타운 정은 지금도 내 맘속에서 여울져 흐르고 있다. 그래서 나도 가끔 제자들에게 선생님처럼 말한다.

"자네들이~."

그러나 나는 선생님처럼 측은지심이 아직도 많이 부족하다.

윤석우

선생님은 국량이 크셨다. 1989년, 연구실에서 대학원생들과 김동인 소설을 논의하실 때 일이다. 아마 [한국현대소설론] 시간이었을 것이다. 나는 김동인의 액자소설을 과감히 파헤쳐 접근했다. 대학원생으로서 막 학문에 입문했으니 탐구열이 높았으리라. 선생님께서는 그 파격을 걸림 없이 수용하고 격려하셨다. 선생님은 그랬다. 꼬투리잡지 않고 믿고 응원하셨다. 큰 그림을 그릴 수 있게 했고 새로운 세계를 접하게 하셨다. 대학원 학위 논문을 발표할 때도 대학원생들의 불편 사항을 과감히 없앴다. 관행에 깨어 있으셨고 그것을 뛰어넘는 힘을 갖고 격려하셨다. 선생님은 사소한 것에 목숨 걸지 않아 거대한 산 같았고 유장한 물길 같아 기댈 언덕이었던 셈이다.

선생님은 가슴에 강한 철판 한 개 안고 사시는 듯했다. 아직 군사혁명의 잔영이 남아 있던 시절임에도 흔들리지 않고 제자들에게 든든한 바람막이로 그 튼실한 강판을 넓게 펴주셨다. 가끔 그 철판이 가열되면 주위 사람들을 문학으로 뜨겁게 달구곤 하셨다. 문청이었어요 과거형으로 부끄럽게 운을 떼자 그러면 써 늘 현재형으로 힘주어 말씀하셨다. 내가 소설을 쓰게 된 것은 순전히 선생님 덕분이다. 파편적인 글이나 끼적거리던 내게 이야기를 구성할 힘을 주신 분도 선생님이었다. 나에게 고정된 틀을 벗어나 벽을 허물고 그 벽을 디딤돌 삼아 글을 쓰게 하셨다.

그렇다고 선생님이 늘 강인하신 것만은 아니었다. 대반동 바닷가에서 소주를 마시며 하룻밤을 지새운 어느 여름날을 나는 아직도 잊지 못한다. 해남의 깡촌에서 학생들과 밋밋하게 보내던, 손에 잡히지 않는 아득한 미래를 꿈꾸던 나는 잘 마시지도 못하는 술을 선생님의 지지에 기대어 겁없이 마셨다. 가슈통 바슐라르를 지나 바흐친과 미셸 푸코, 움베르토 에코, 보르헤스, 자크 라캉 등에 대해서, 당시 이슈였던 포스트모더니즘, 페미니즘, 기호학, 욕망이론 등을 입에 올리며 대반동 바닷가나 목포 식당 골목을 배회하곤 했다. 나는 막 30대를 시작하는 시점이었고 선생님은 40대의 끝 무렵이었을 것이다. 지금도 미소 짓는 내 젊은 날의 낭만에는 늘 선생님이 함께한다. 그래서 내 삶은 풍요롭고 행복하다.

이재홍

    유금호 교수님과의 만남은 내가 대학 새내기로 입학하면서부터다. 고교시절, 전국 백일장에서 장원을 거머쥘 정도로 소설에 빠져 있던 문학도가 전자공학을 전공으로 선택한 후, 교양국어시간만은 매우 집중했었던 것 같다. 아마 문학에 대한 갈증도 있었겠지만, 교양국어 담당인 소설가 유금호 교수님을 만났기 때문이라고 생각된다. 훤칠한 키, 호탕한 웃음, 구수하고 열정적인 강의, 하얀 모시한복을 차려입고 합죽선부채를 휘저으며 여름의 교정을 활보하시던 혈기 왕성한 40대 초반의 교수님은 단박에 나의 우상이 되어버렸다.

    내가 기억하는 교수님은 젊음만큼이나 다양한 열정을 지니셨다. 학생들을 자상하게 챙기셨고, 심산계곡에서 수석을 찾는 동적 감성과 새, 난초를 키우는 정적 감성을 문학으로 승화시키셨다. 그리고 문인들을 비롯한 대인

관계에 소홀함이 없으셨다. 그래서 교수님댁은 많은 사람들이 수시로 드나드는 사랑방 같았다.

교수님은 송파구 장지동에 사셨다. 논밭으로 둘러싸인 교수님의 미니 2층집이었는데, 1층에는 호금조, 잉꼬, 앵무, 십자매 등의 새들과 다양한 난초들이 살았다. 교수님께서는 새들 속에서, 또는 난초들 속에서 사색을 즐기시며 원두커피를 즐기셨다. 이러한 취미생활들을 교수님은 많은 글 속에 녹여내셨던 것으로 기억된다.

교수님은 술을 즐기시는 편이었다. 술에서 낭만을 찾으셨고, 술과 함께 사람과의 관계를 돈독하게 만드셨다. 모든 종류의 술을 가리지 않는 편이셨지만, 소주를 좋아하시는 편이었다. 양주로는 '커티삭'같은 위스키를 좋아하셨다. 잡지사나 신문사로부터 원고료를 받으시는 날은 교수님의 절친한 문인들과 선술집에서 콩나물 가득한 아구찜으로 소주를 즐기시기도 하였다.

교수님은 권일송 시인이 운영하는 청진동 '흑산도'라는 주막에 가실 때에는 문학하는 제자들을 자주 데리고 가셨다. 한옥집을 술집으로 개조한 흑산도는 문인들의 사랑방 역할을 하던 곳이다. 교수님은 이곳에서 제자들에게 주법을 가르쳤고, 다양한 문인들을 통해 많은 자극을 받길 기대하셨다. 그 당시, 군부독재가 극치를 달리던 때였기 때문에, 문인들이 술기운을 빌려 방벽에다 정부 비판 글을 쓰던 침묵 퍼포먼스들은 지금도 생생한 기억들이다.

내가 교수님을 지켜본 바에 의하면, 한번도 타인에게 술값을 지불하게 놔두지 않으셨다. 특히, 당시에 벌이가 좋지 않은 문인들을 보면, 교수님께서 먼저 술값을 계산해버리곤 하셨다. 그뿐만 아니라, 경제적 곤란을 겪는 문인들에게는 봉투로 도움을 주는 교수님과 김정수 사모님의 훈훈한 장면들이 나에게 포착되곤 하였다.

나는 교수님과 친분 있는 문인들을 꽤 많이 만났다. 지금 기억에 떠오르는 몇 분의 성함을 거론해 본다면, 장효문, 유재용, 전상국, 이동희, 백시종, 박범신, 문순태, 최기인, 윤후명, 홍성암, 김용우, 이태원, 우선덕 같은 분들이다. 교수님께서 송파문인협회를 이끄실 때에는 나도 송파 회원처럼 드나들며 송파문인들과 친분을 쌓기도 하였다. 그만큼, 나는 교수님의 사랑을 많이 받아왔던 것 같다.

교수님과의 수많은 기억들은 책 한권으로도 부족할 듯하다. 옛 기억들을 되새김질 해 보니, 나는 교수님을 통해 열정을 배우고, 낭만을 배우고, 의리를 배우고, 문학을 배우고, 사랑을 배우고, 술을 배우며 살아왔던 듯하다. 감사한 마음 가득할 뿐이다. 유금호교수님과 김정수 선생님이 백세시대에 걸맞게, 건강하고 행복하게 오래오래 사셨으면 좋겠다.

김경희

첫 만남

아직 소설에 대한 막연한 꿈을 가지고 있던 1990년대 후반의 가을, 채희윤 선생님을 따라 목포에 갔다. 그리고 허름하지만 맛깔스런 솜씨를 긍지로 삼는 목포식당에서 유금호 선생님을 처음 뵈었다. 아직 30대 후반, 낯가림을 숨길 줄도 몰랐던 나는 스승인 채희윤 선생님과 그분의 스승이신 유금호 선생님 앞에서 다소곳한 소설가 지망생으로 앉아 있었다. 그도 잠시뿐, 몇 순배의 술잔이 돌고 나자 어느덧 그 자리에 자연스레 스며들었다. 선생님의 넉넉한 인품과 호방한 모습에 빠져 나름의 호기도 좀 부렸을지 모른다. 격조는 있으나 격의 없는 사제간의 대화에 빠져들었고, 간간이 소설가의 세계와 사제간의 인간적 면모를 엿볼 수 있었다. 첫 만남의 자리에서 나는 선 굵은 한 사람의 멋에 흠뻑 빠졌다.

아직도 설레는 이유

우리는 아주 가끔 선생님을 뵈러 서울에 간다. 약간의 기대와 설렘을 가지고 기차역으로 향하는 자신을 두고 잠시 일상과 결별하는 여행이 주는 정서 때문이라는 쓸데없는 자기진단을 해보곤 했다. 하지만 그것은 착각, 그러기를 십수 년 하고 나니 그곳에는 당산나무처럼 큰 그늘을 드리운 선생님이 계시기 때문임을 알게 되었다. 그 그늘에 잠시 깃들어 안온한 시간을 보내는 매혹에 이끌려 수서행 열차를 타곤 했을 것이다.

그 자리엔 늘 술이 있었고, 누구도 주저하지 않고 술잔을 비우다 보면 소설가 아무개의 미담이 슬쩍 나오고, 기억의 페이지를 뒤적여 누군가 목포대 재직하실 때의 추억담을 소환하면 선생님은 손사래를 치며 멋쩍어하셨다. 사람 사는 이야기가 어찌 끼어들지 않을까. 사람의 이치란 게 그래도 좋을 일과 그래서는 안 되는 일 등속의 가늠일 텐데, 어떤 이야기가 나와도 선생님은 허허, 호탕한 웃음으로 대신하셨다. 경계 짓지 않기, 경계가 없는 게 아니라 타인에게 짓지 않는 일. 당신께는 한결같은 엄격함을 지키되 타인에겐 너그러운 분임을 느끼는 순간,

큰 어른을 만나는 기쁨이 기시감처럼 슬몃 찾아왔다. 그렇게 선생님과 함께 앉아 소설과 세상사에 대한 이야기에 유머를 곁들이다 보면 나긋나긋해진 시간은 속절없이 흐르고, 우리는 마지막 열차를 타기 위해 가까스로 역으로 향해야 했다.

오래도록 간직하고 싶은

유금호 선생님의 산수(傘壽)를 기념하는 이 글에서 나는 무슨 말을 해야 할까 잠시 망설였다. 나와 선생님의 인연은 강의실이 아닌 세 발 낙지가 있는 목포식당에서 시작되었기 때문이다. 그러나 지금, 학문으로 시작된 인연은 아니지만 더 소중한 인생의 스승이 되었음을 안다. 필연 아닌 인연이 없다지만, 선생님과의 인연은 우연으로 왔다. 무엇인가 꼭 해야 한다는 당위성 없이도 뵙고 싶은 마음 일면 수서역으로 가게 되니 그런 인연은 매임 없는 자유이기에 더 귀하고 소중하다. 여러 말을 늘어놓았으나 선생님의 진중한 인품이나 각별한 마음을 어찌 다 표현할 수 있으랴. 마음에 간직하고 오래도록 뵈었으면 좋겠다는 소망뿐.

이진

커피, 트랜치코트, 위스키, 그리고 담배.

유금호 교수님을 묘사하는 몇 개의 키워드를 뽑자고 들면 앞장서 나오려고 순위를 다투는 단어가 저 정도 아닐까 싶다. 물론 큰 키, 장난기 넘치는 웃음, 헤픈 지갑, 그럴싸한 농담 등 약간의 수식어가 필요한 낱말들도 적지 않다.

대학원 수업은 주로 교수님의 연구실에서 이루어졌는데 교수님은 수업 전에 충분한 양의 커피를 미리 내려놓고 우릴 기다리셨다. 짙고 매혹적인 커피 향에 둘러싸여 장난기 가득한 미소까지 장착하시고서. 넘치도록 그득하게 따라주신 커피에 감읍하여 서둘러 마셨다가 바로바로 리필을 해주시는 바람에 나도 모르게 물고문(?)을 당한 게 한두 번이 아니었다.

환절기면 어김없이 휘날리던 교수님의 트랜치코트 자

락도 떠오른다. 큰 키와 탤런트 급의 미모와 호리호리한 체격까지, 별로 갖춰 입지 않아도 사람들 눈에 띄련만, 보통의 나이 든 남자들이 소화해내기 힘든 트렌치코트를 교수님은 즐겨 입으시곤 했다. 잘 어울리고 아주 멋스러웠다. 처음 뵐 때야 정년 퇴임을 몇 년 앞두신 터라 상당한 연배이셨음에도 까만 코트 자락 휘날리는 뒷모습만큼은 훤칠한 청년이었다. 로맨스그레이라는 단어가 잘 어울리는 멋진 어른이셨다.

교수님과 가끔 술자리를 가지기는 했지만 술에 관한 본격적인 강의는 수업 중에 이루어졌다. 소설 쓰는 사람은 온갖 것에 박학다식해야 한다며, 특히 술에 관한 한 모든 문학의 기본값인 만큼 절대로 무지해선 안 된다며, 브랜디와 위스키에 관해 꽤 심도 있는 비교분석을 해주셨다. 소설의 외연이 이렇게도 넓어지는구나, 감동 어린 표정으로 일어서는 순간, 교수님의 결론이 위스키였음을 문득 깨달았다. 술이란 역시 알콜 도수 높은 게 최고라는…. 어쩌면 소설 역시 독자에게 도수 높은 감동을 전해야 한다는 은유는 아니었을까, 속 깊은 의미로 해석하는 건 당연히 우리 몫일 거였다.

담배를 빼놓고 교수님을 얘기할 수 없다. 소설 집필에 몰입하실 땐 줄담배를 피우곤 하셨다는 교수님에게 연구실은 담배를 위한 최고의 공간이었다. 한 손엔 커피, 한 손엔 담배, 그 와중에도 슬그머니 탈출한 손가락은 컴퓨터 자판을 두들기고…. 당시로선 아마 가장 트랜디한 진보적 취향이 아니었을까 싶다. 그랬던 교수님이 최근엔 담배를 끊으셨다 한다. 그래선지 뱃살이 좀 불어났다고, 담밸 끊은 게 잘한 일인지 모르겠다고 푸념 비슷한 걸 늘어놓으셨다. 여전히 소설 쓰기에 게으르지 않으신 걸 보면 담배와 인연을 끊은 게 그리 나쁘지만은 않은 듯하다.

대학 연구실에서의 교수님을 더는 뵐 수 없지만, 종종 서울로 올라와 교수님을 뵐 수 있어 행복하다. 교수님 제자가 되어 산수(傘壽)를 기념하는 소설집을 함께 묶어낼 수 있어 또 행복하다. 교수님을 뒤따라온 소설의 여정이 지금과 같이 앞으로도 꾸준히 이어지길 비는 마음 간절하다.

유금호 연보

연보

1942년 전남 고흥 녹동에서 3남 1녀 중 장남으로 출생.

1954년 녹동초등학교 졸업, 광주서중 진학.

1960년 국립 공주사대 국문과에 진학.『수요문학회』결성.

1964년 공주사범대학 국문학과 졸업, 서울신문 신춘문예
에 소설『하늘을 색칠하라』당선으로 문단 데뷔.

1967년 여수여고 교사로 부임.

1969년 고려대학교 사범대학부속고교 교사로 부임, 첫 소
설집 <하늘을 색칠하라(선명문화사)> 출간.

1972년 교사생활을 하면서 고려대학교 대학원 국문과를
수료, 소설집<깃발(창작문화사)> 출간.

1974년 김정수와 결혼.

1976년 딸 수지 출생.

1977년 소설집 <한 마리 작은 나의 꿩(금란출판사)>을 출간.

1978년 동서울대학 교수로 자리를 옮김.

1978년 아들 병우 출생.

1978년 장편소설 <겨울에 내리는 비(민성사)> 출간.

1985년 제2회 「한·중작가회의」에서 '상업주의와 문학'의

주제 발표를 하고, <언어, 그 꿈과 절망(동천사)>
출간.

1986년 목포대학교 국문과 교수로 자리를 옮김.

1988년 경희대학교 대학원에서 『한국현대소설에 나타난
죽음의 연구』로 문학박사 학위를 받고, 동천사에
서 단행본으로 출간.

1992년 장편소설 <고려무(高麗舞, 세계일보사)> 출간.

장편소설 <소설 열하일기(큰산)> 출간.

1996년 소설집 <새를 위하여(큰산)> 출간. 이 작품으로 제
4회 후광문학상 수상.

연구서 <新小說論(공저, 우리문학사)> 출간.

1998년 소설집<여자에 관한 몇 가지 이설, 혹은 편견(남양문
화사)> 출간. 이 작품으로 제24회 한국소설문학상을
수상함.

연구서 <현대소설의 이해(공저, 문학사상사)> 출간.

1999년 장편소설 <내 사랑 풍장(개미)>을 출간. 이 작품으
로 제17회 PEN문학상을 수상함.

연구서 <소설, 이렇게 쓰라(공저, 평민사)>와 <작
가론(공저, 삼영사)>을 출간.

인도네시아 자카르타에서 열린 「한민족 문학대회」에서 '한국소설의 영역 확대'에 대한 주제 발표.

2000년 '한국작가교수회'를 창립. 초대·2대 회장을 역임하면서 기관지 『소설시대』를 발간. LA의 「한민족문학인대회」에 참석. '사이버시대의 문학'에 대한 토론을 주제.

2002년 소설집 <허공중에 배꽃 이파리 하나(개미)> 출간. '김동리 문학상 최종 심사에 오름.

소설인 제자들과 공동소설집 <상사화꽃 다 지고(문학과 의식)>를 출간함.

2003년 동화 <과수원 집 아이(자유지성사)> 출간.

2004년 장편소설 <만적1, 2부(도서출판 이유)> 출간. 이 작품으로 제1회 만우 박영준 문학상을 수상하였고, 2005년 제1분기 문예진흥위원회 우수도서 선정.

2005년 첫 산문집 <거기에 아름다움이 있었네(개미)>를 출간. 가을에 단편집 <속눈썹 한 개 뽑고 나서(문학나무)> 출간.

2007년 소설집 <뉴기니에서 온 편지(도서출판 이유)> 출간. 목포대학교 국어국문학과 교수직 정년.

제자들(채희윤, 윤석우, 김다경, 이진)과 정년기념
으로 공동 소설집 <즐문마을 기행(심미안)> 출간.

2010년 제자들(채희윤, 윤석우, 김다경, 김경희, 이진)과
공동 소설집 <내 친구 장씨이야기(문학과 의식)>
출간.

2011년 제3회 '한송문학상' 수상.

2014년 소설집 <마리오네뜨, 느린 하늘로 날다(도서출판
이유)> 출간.

저서

단편소설집

<하늘을 색칠하라(1969)>, <깃발(1972)>,

<한 마리 작은 나의 꿩(1977)>, <새를 위하여(1996)>

<여자에 관한 몇 가지 이설, 혹은 편견(1998)>

<허공 중에 배꽃 이파리 하나(2002)>

<속눈썹 한 개 뽑고 나서(2005)>

<뉴기니에서 온 편지(2007)>

<마리오네뜨, 느린 하늘로 날다(2014)>

장편소설

<겨울에 내리는 비(1978)>

<高麗舞(1992)>, <소설 열하일기(1992)>

<내 사랑 풍장(1999)>, <만적 1,2(2004)>

비평집

<언어, 그 꿈과 절망(1985)>

<한국현대소설에 나타난 죽음의 연구(1988)>

연구서
<新小說論(1996. 공저)>
<현대소설의 이해(1998, 공저)>
<小說, 이렇게 쓰라(1999, 공저)>
<작가론(1999, 공저)>

공동소설집
<상사화꽃 다 지고(2002)>, <즐문마을 기행(2007)>
<내 친구 장씨이야기(2010)>
<놋쇠 그릇 속 머리칼 두어 올(2021)>

창작동화집
<과수원집 아이(2003)>

산문집
<거기에 아름다움이 있었네(2005)>

소설집

놋쇠 그릇 속 머리칼 두어 올

| 초판 1쇄 인쇄일 | 2021년 02월 18일 |
| 초판 1쇄 발행일 | 2021년 02월 22일 |

지은이	유금호, 채희윤, 윤석우, 이재홍, 김경희, 이진
펴낸이	한선희
편집/디자인	우정민 우민지
마케팅	정찬용 정구형
영업관리	정진이
책임편집	김보선
인쇄처	국학자료원 새미(주)
펴낸곳	국학자료원 새미(주)

등록일 2005 03 15 제25100-2005-000008호
경기도 고양시 일산동구 중앙로 1261번길 79 하이베라스
405호

Tel (02)442-4623 Fax (02)6499-3082
www.kookhak.co.kr
kookhak2001@hanmail.net

| ISBN | 979-11-91440-00-3 *03800 |
| 가격 | 14,000원 |